谁读这本书都会沉思,
因为书中藏满了睿智的哲思;
谁读这本书都会微笑,
因为书中藏满了调皮的热闹;
谁读这本书都会惊叹,
因为书中藏满了美丽的灵感。

读这本书,你可以很随意,
从哪一篇读起都无妨,
因为——
当世界年纪还小的时候,
事物没有太多既定的框框。

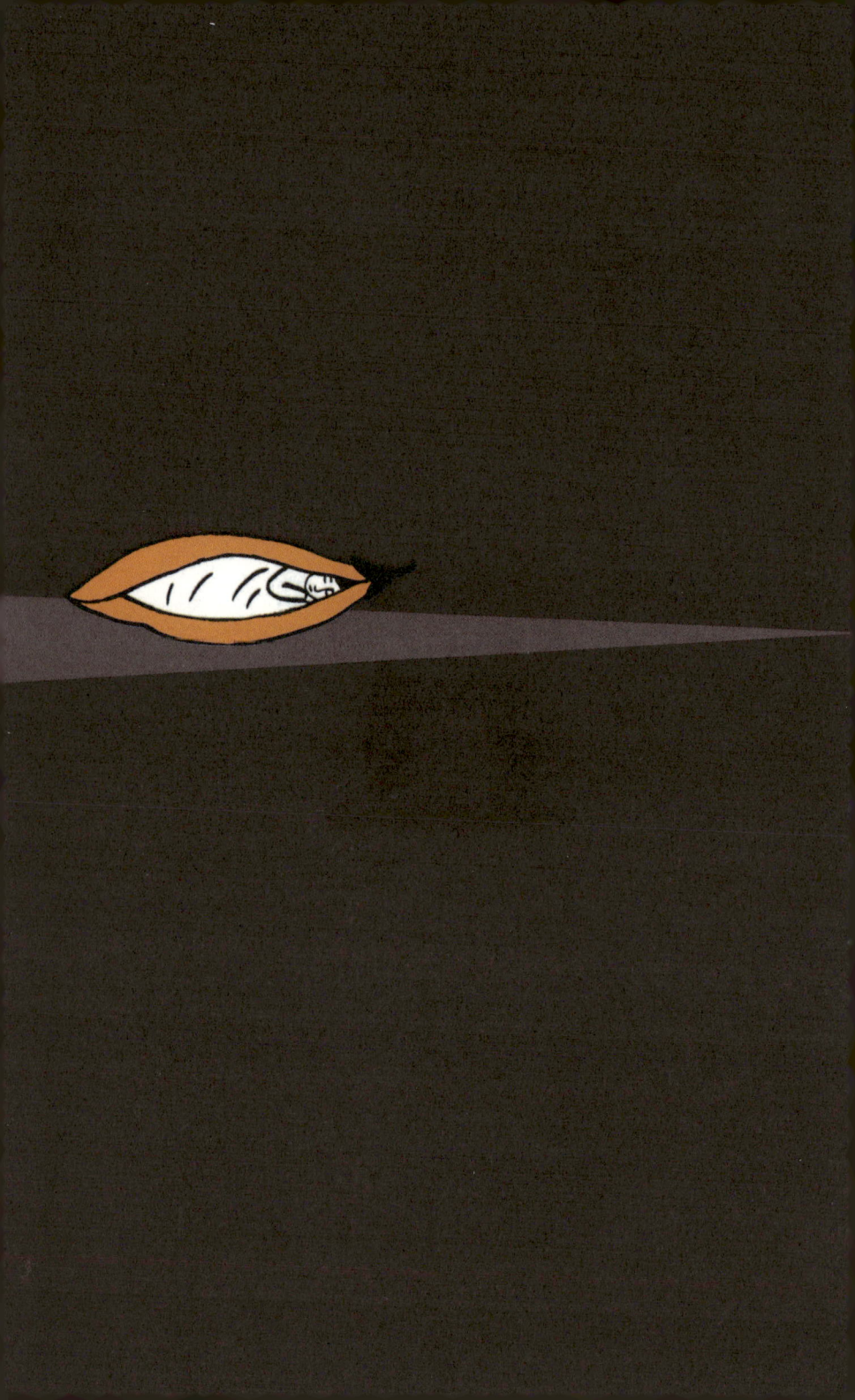

珍藏版

当世界年纪还小的时候

[德]于尔克·舒比格/著
[德]罗特劳特·苏珊娜·贝尔纳/绘
王泰智 沈惠珠/译

四川少年儿童出版社

于尔克·舒比格
Jürg Schubiger

　　于尔克·舒比格，1936年生于瑞士苏黎世，2014年卒于德国。他大学毕业后先后从事过多种职业：在法国南部和科西嘉岛当过包装工、伐木工、园艺工人，当过卡巴莱喜剧演员，也曾做过编辑和出版人；后来成了心理治疗师，同时也为孩子和成人写书。

　　他获得过许多殊荣：代表作《当世界年纪还小的时候》1996年获德国青少年文学奖、瑞士青少年文学奖；绘本《白熊和黑熊》2008年获德国青少年文学提名奖；同年，他获得国际安徒生奖，这是世界儿童文学领域的最高荣誉，被誉为"儿童文学的诺贝尔奖"；绘本《月亮上的孩子》2013年被评为德国最受欢迎的7本童书之一，2014年获魔笛文学奖。

　　下面是四川少年儿童出版社已出版的于尔克·舒比格的代表作：

《当世界年纪还小的时候》

《当世界还不存在的时候》

《风过生日》

《月亮上的孩子》

《白熊和黑熊》

罗特劳特·苏珊娜·贝尔纳
Rotraut Susanne Berner

　　罗特劳特·苏珊娜·贝尔纳，1948年生于德国斯图加特。她是一位在国际上享有盛誉的著名插画家，获得过德国青少年文学特别奖等多种奖项。她曾在慕尼黑专攻平面艺术设计，从1977年开始成为自由插画家，为许多儿童读物和青少年读物绘制插图，深受孩子们喜爱。2016年，她荣获国际安徒生奖插图奖。

CONTENTS

目录

当世界年纪还小的时候
...009...

爸爸、妈妈、我和她
...149...

大海在哪里
...233...

当世界年纪还小的时候

天与地

当世界年纪还小的时候

从前，当世界年纪还小的时候，还没有人类。奶牛不需要挤奶，母鸡也不需要喂食，动物们过得自由自在。这种状态持续了很久很久。那时的世界浩瀚而荒凉。

有一天，第一个人出现了，那是一个女人。她向四周看了看。还不错，一切都不错，她说。她又仔细观察。这些树不错，她站到一棵浅绿色的山毛榉树下说。她发现了奶牛和母鸡，觉得很不错：奶牛产奶；母鸡生蛋，母鸡的肉还可以吃。她拿出一个挤奶凳，坐到奶牛旁开始挤奶。

哪儿来的挤奶凳啊？

是她带来的。

她是带着行李来的吗？

她只带了一个挤奶凳和一点饲料。

她来的那个地方，已经有挤奶凳和饲料了吗？

要不这个女人怎么会把它们带来呢？

那她是从哪儿来的呀?

从国外来的。

她是怎么去国外的呢?

她本来就在那儿。听着,我怎么会知道呢?要不,这个故事就由你来讲吧!

好吧。

从前,当世界年纪还小的时候,一切都很小。小星星,小石头,小河流,小人儿,小鸟儿,小树……

房子也小吗?

嗯,是的。

那么奶牛呢?母鸡呢?

那时还只有小牛和小鸡。世界太小了,还没一张桌子大。

这个世界只存在了一个星期。人啊、动物啊、植物啊都渴死了,小河干涸了,星星也不眨眼了。石头变得越来越小,最后变成了沙粒,消失在虚无之中。那是一个美好而短暂的世界。

然后呢?

然后就是一片沉寂,沉寂了几千年。几千年之后,又是几千年。

然后才逐渐出现了一个新的世界。这次只有云。云的上面是天空,云的下面是大海。这是一个云和海的世界。

然后呢?

还是云和海。

没有其他东西吗?应该都出现了吧:草啊,牛啊,人啊,村庄啊……

没有。

为什么呢?

因为其他东西还没有出现呀。

故事就这样结束了吗?

不,还得继续讲下去,只不过没什么新东西出现,一直都是那样:云和海,云和海,云和海……

那么风呢?

对,还有风。云、海和风。

那你坐着的床呢?窗户和花园呢?你和我呢?

都没有出现。都不在这个故事里,而是在另外一个故事里。另外那个故事,开头讲的是伊甸园。

当世界年纪还小的时候,就有了伊甸园。人、动物、植物、山和峡谷都出现了。

他们相互问候。我叫夏娃,您呢?我叫亚当,您呢?我叫狮子,您呢?我叫椰枣树,您呢?我叫泉水,您呢?我叫鳟鱼,您呢?我叫……

亚当问夏娃:请问,您知道我们这是在哪儿吗?

在伊甸园呀,夏娃回答。

伊甸园?没听说过,亚当嘟囔了一句。

他们在宽阔的花园里散步。穿过湿湿的苔藓,踏过软软的沙地,他们边走边向四面八方打着招呼。那是一个美丽的清晨。一切都是那么清新,一切都是那么干净。大象挥舞着宽大的耳朵致以问候,玫瑰也疯狂地绽放着。

夏娃说:看来咱们是这里仅有的人类。咱们结婚吧!

结婚?没听说过,亚当友善地说。

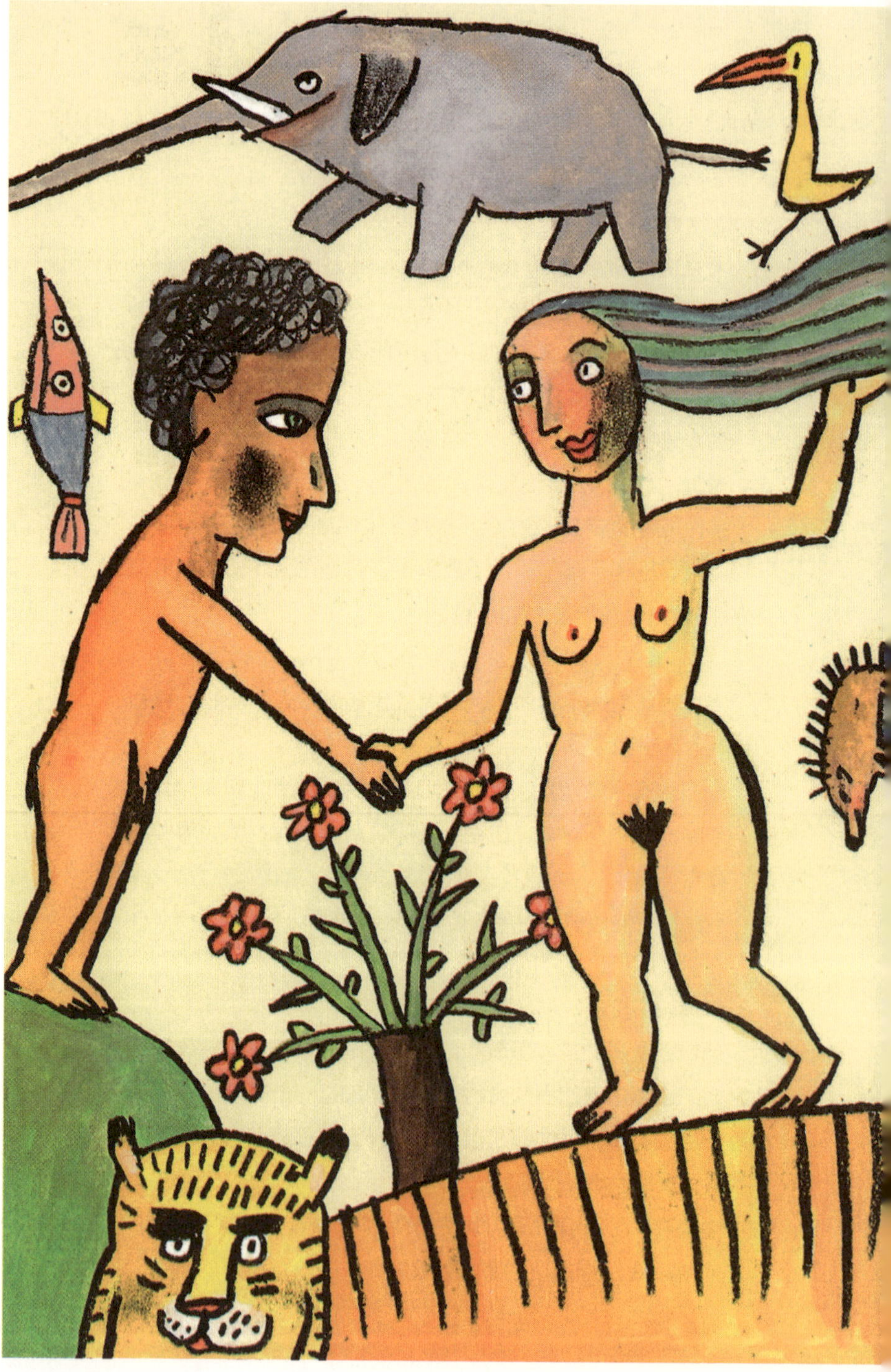

结婚就是咱们要在一起,但是先得相爱。一切从相爱开始。您反对我们相爱吗?

相爱?没听说过,亚当说。

于是,夏娃拥抱了亚当,还给了他一个长长的吻。然后她停下来说:这就是爱。亚当把嘴唇凑了上去,夏娃继续吻他。后来就到了中午,亚当说:我不反对。不知怎么的,我觉得爱的滋味很美妙。

当他们再次停下来的时候,已经是晚上了。

我想,咱们应该以"你"来称呼彼此吧,夏娃提议。

亚当说:好呀,亲爱的夏娃。

世界就这样开始了。

故事讲完了吗?

是的,我们最好趁他们还在接吻的时候结束。

童话故事的结尾都是幸福的,而伊甸园的故事幸福却在开头。

好吧,现在我再从头开始讲。

当世界年纪还小的时候,万物都得从头学起。星星汇聚成星座。一些星星先是尝试着排成犀牛的形状,然后是棕榈树,然后是玫瑰,最终才组合成大熊星座。还有一些星星也联合起来,先是排成小女孩的形状,接着形成了室女星座。其他星星分别组成了摩羯星座、天龙星座、金牛星座和天鹅星座。

而石头就简单多了。它们只需不断地变硬,不断地增重。它们是地球上第一批成形的东西。

太阳开始发光,学会了升起和降落。它还想做些别的事,但是都没有成功。比如学唱歌，它那沙哑的嗓音把整个世界都吓坏了，因为当时的世界还很新鲜，很娇嫩。

月亮一直不知道该学什么。学发光吗？它白天觉得这个主意不好，晚上又觉得不错。它犹豫不决，反反复复，所以看上去阴晴不定，时圆时缺。最后它学到的，只有变幻无常。

水学会了流动。而且它发现自己只能朝一个方向流动的时候，就学会了往低处流，往低处流，往低处流……

风刚开始是静止的，安静得就像不存在一样。后来，不知怎么的，它突然发现自己能吹了。

那时候，万物很简单地生活着，只不过它们都得弄明白简单到底是什么。对火来说简单的事情，对风却未必；对鱼来说简单的事情，对鸟却未必；对树根来说简单的事情，对树枝却未必。

世界用了很长时间，才把自己安排妥当，然后一切就顺其自然了。雨从云里落下，滴落到地上；人们一睁开眼睛，就能看到这个美好的世界。

世间万物都做着自认为简单的事，所以一切井然有序。

当时的世界，相安无事……

嘘！别讲了。最好再从头开始。

这个故事没有结局，只有开头，有很多很多开头。

很久很久以前，当世界年纪还小的时候……

小姑娘和死神

一天，死神来到一个正在做家庭作业的小姑娘身边，对她说：小姑娘，跟我走吧，你的时间到了。

请你等一会儿，小姑娘说，我得先把家庭作业做完。

好的，死神说，家庭作业很重要，你快点做吧！

死神看上去年老体衰，小姑娘就请他坐在自己的床沿，然后开始做作业：

5×？= 40　5×8 = 40；

3×6 = ？　3×6 = 16。

算错啦，死神说，3×6 应该是 18。

没错，小姑娘坚持己见。

真是 18，死神重复了一遍答案。

为什么是 18 呢？小姑娘问。

死神就一步一步地给她讲解。

谢谢！小姑娘说。

020

她继续做着算术题,口中念念有词。死神仔细聆听着,不时点头称是。

6乘7等于多少呢?小姑娘问,我老是忘记6乘7得多少。

42,死神回答。

对呀!小姑娘说,那9乘8呢?我们还没学过9乘8。

死神没有回答,陷入了沉思。

死神已经很老了,许多学过的东西都已忘记。

我也不知道9乘8等于多少,他坦言。

以前你的算术肯定很好,小姑娘说。

是的,死神点点头,是最好的人之一。

可惜你忘了9乘8等于多少。

真是不好意思,死神说。

9×8肯定是你唯一不会做的题。小姑娘安慰道,你要是能回忆起9乘8的答案,就又是算术最好的人了。

是的,死神点点头。

那这样吧,小姑娘建议,我去问老师,他肯定知道答案。等你明天来的时候,我就可以告诉你了。

你很善良。死神站起身来,那我现在先走了。

他走到外面的走廊上时,喊道:明天你无论如何都得跟我走了!

噢,知道了,小姑娘叹了一口气。

然后呢?

然后啊,第二天死神又在同一时间来了。小姑娘告诉他,9×8=72。

然后呢?

然后啊,死神说:对,就是72!然后他就笑了。小姑娘说:现在你又是算术很好的人了。

然后呢?

然后啊,小姑娘说:老师给我们布置了新的作业。我得先做完作业,才能跟你走。我想干脆利落地搞定。如果你帮我的话,我们很快就能做完。

于是,死神再次帮小姑娘做作业,又遇到了一道死神也解决不了的难题。

然后呢?

然后啊……

第二天呢?一个月以后呢?一年以后呢?小姑娘长大了,不再上学以后呢?死神再老一些以后呢?

最初的发明

第一个人来到这个世界时,觉得世界很空旷。他走来走去,一直走到疲惫不堪。他想:似乎还缺少点什么,比如可以坐在上面、有四条腿的东西。于是,他发明了凳子。他坐在上面,望着远方。真棒,真奇妙,但似乎奇妙得还不够。还缺少点儿什么,他想,比如可以把腿伸到下面、把胳膊肘支在上面、四边形的东西。于是,他发明了桌子。他把腿伸到下面,把胳膊肘支在上面,眺望远方。太棒了。从远方缓缓吹来一阵风,和风一起来的,还有一片乌云。开始下雨了。这不太妙。似乎仍然缺少点儿什么,比如可以遮蔽风雨的、有盖儿的东西。于是,他发明了房子。他把桌子和凳子搬进去,坐下,把腿伸直,把胳膊肘支在桌子上,透过窗子望着外面的雨。妙极了!

透过雨幕他看到有个人正朝房子走来。我可以进来吗？那个人问。请，请，他说。他给那个人讲了他所发明的一切：可以坐的椅子，可以伸腿、搁手的桌子，有四面墙和屋顶、可以遮蔽风雨的房子，可以进出的门，还有可以往外看的窗子。

那个人看完、试完、夸奖完这些发明以后，他问道：那您呢？您发明过什么吗？

那个人沉默不语。他不好意思说自己是风和雨的发明者。

星 星

一天夜里，一颗星星从天上掉下来。他冲破屋顶，落在地上。住在屋子里的女人，听到了轰隆声，找到星星，捡起来放在自己的围裙里。

出了什么事？男人问。

我捡到一颗星星，女人答，反正我们也没有孩子，就把他留在身边吧。

她给星星喂水和食物，然后将他放在一张小床上，为他盖上被子。星星很满意，发出光芒。

但男人不满意：我们为什么要养一颗星星呢？他没有眼睛，什么都看不见。

但他会发光，女人说。

他没有脚，不会走路，男人说。

他可以滚呀，女人说。

她说得很对。星星不睡觉、不喝水、不吃饭的时候，就在房

间里滚来滚去。

他要是一条狗就好了,男人说,狗至少有眼睛。

但狗不会发光,女人说。

狗至少有腿呀,而且有四条呢,前面两条,后面两条。

但狗不会滚来滚去。

男人和女人一天到晚都在争吵。星星却在不断长大。他需要一张新床了。

后来,他上学了。老师讲的东西,他都能理解,而且永不忘记。但他一直沉默不语。所有人都认为他很笨。

这是一颗一句话都不会说的星星,男人说。

但他会唱歌,女人说。

确实,星星开始唱歌了。

他唱走调儿了,男人说。

但唱得很好,女人说。

星星长大成人了。他爱上了邻村一个漂亮的胖女孩。一天夜里,他从她身边滚开,再也没有回来。

星星再也没有回来,还是很久没再回来?

有人说,多年以后他回来过。他非常憔悴、疲惫,暗淡无光。除了那个女人,没有人认出他。

还有人说,他只寄回过一张明信片,上面是星光灿烂的夜空。

小姑娘和天使

一个小姑娘认识一位天使,一位很平凡的天使。他有着金黄色的头发,长着一对翅膀,其中一只完美无缺,另一只却有些支离破碎。但他仍然可以灵巧地在世界各地飞来飞去。当小姑娘全家搬迁到克里特岛时,天使也跟着飞去了,只比飞机晚了几分钟,也降落在赫拉克里翁机场。他可以飞到世界上任何地方,可天堂对他来说实在太远了。

几年前,小姑娘还懵然无知,有一次做游戏时,竟然朝一辆迎面开来的汽车跑去。天使在危急关头把她从马路中间拉了回来,虽然将小姑娘的一只胳膊拉脱臼了,但救了她的命。从此以后,天使就成了这家人的朋友。他通常星期五去做客,因为他吃素,而小姑娘家每个星期五都会做水果蛋糕。

小姑娘的外婆处于弥留之际时,这家人带着天使一同去探望。他们希望天使能给外婆讲讲天堂的故事。他坐在床边,沉默良久,然后说道:天堂当然是与众不同的。

有哪些不同呢？小姑娘问。

外婆说：天堂没有地板。

对，没有地板，天使重复道。天堂里的人好像是用耳朵看，用鼻子听。

外婆一直在点头，手平放在被子上。

小姑娘痛苦地闭上眼睛，鼻翼抽动着。

房间里安静极了。

外婆停止了呼吸。

小姑娘哭了，妈妈也哭了。

天使的眼睛里闪动着彩虹般的泪光。

只要有人向天使提问题，天使就会吓一跳，因为他总是在沉思。因此，小姑娘把许多问题藏在了心里。比如她不敢问，小天使是不是从蛋里孵出来的？她也不敢问，有没有会下蛋的天使？如果有，他们把蛋下在哪里呢？是不是下在云里？

有时，天使会主动讲一些与上帝和圣徒有关的故事。他讲得虽然多，但都是圣经上提到过的故事。

就这样，年复一年，小姑娘长大了，她的爸爸妈妈变老了，只有天使青春常在。

其实，小姑娘很想嫁给天使，便问道：你愿意做我的丈夫吗？

天使不知该如何回答。他得考虑考虑。

吻我吧！小姑娘说。

天使吻了她。

我觉得就像被风吹进了大海……请再来一次吧，小姑娘喘息着说。她像潜水之前那样深吸了一口气。

029 当世界年纪还小的时候

天使并不像小姑娘那么兴奋。他甚至有些悲伤，呆呆地望着云端。

　　后来，小姑娘选择了另外一个男人，一个愿意整日亲吻她的大学生。然而，不管是不是整天接吻，他们都慢慢地变老了。他们有了孩子。

　　现在，天使看上去就像小姑娘的弟弟，或者像小姑娘的孩子们的哥哥。

　　天使不开心的时候，孩子们都跑来安慰他：你可以当我们的守护天使呀！于是，他们爬上桥梁的栏杆，往下跳，好让天使去救他们；晚上，他们故意在森林里迷路，好让天使领他们回家。

　　如今，孩子们也长大了。小姑娘和大学生已是头发花白，小姑娘的爸爸妈妈已到耄耋之年。只有天使还像从前一样年轻，还是一头金发的翩翩少年，还是喜欢吃水果蛋糕，还是觉得天堂遥不可及。

东 西

展示品

在斯图加特的一个公园里，有一个男人，手里拿着一个盒子，盒子里装着一只豚鼠。他打开盒子，把豚鼠放在草地上，然后把帽子放在旁边。豚鼠在吃草，他在一边收钱。很多人过来围观。他们以为豚鼠会从一根木棍上跳过去，或者表演一段走钢丝，就把钱币丢到男人的帽子里。可豚鼠只是在草地上跑来跑去，吃吃草而已。

您的豚鼠到底会干什么呢？有人问。

男人回答：它能在草地上跑来跑去，还能不停地吃草啊！

人们继续围观，陆续有人将钱币丢进帽子里。

一旁的农夫见状，赶紧回家，把牛棚里的奶牛牵到公园里。他让奶牛在豚鼠旁边吃草，然后把自己的帽子也放在草地上。有人向他走来，往帽子里扔了几枚硬币。

人们以为这头奶牛能用两条腿走路，可它只是站在那里，静静地吃草。

033 当世界年纪还小的时候

有人问农夫：您的奶牛到底会干什么呢？

农夫说：它可以一直站在那里，静静地吃草。

人们又看了奶牛一眼，然后议论道：一头牛站在那里静静吃草，已经是一道风景了。

不久，来了一位骑士。他展示了自己的马。不一会儿，又来了一个人，把自己骑的摩托车摆放在草地上。有人把床搬进了公园，还有人掏出了小刀，甚至有人把整套沙发都抬过来了。在这些展示品旁边，无一例外都放着一顶帽子。当然，这些东西不花钱也能看。到处都有人问：这些东西是怎么回事啊？他们一边问，一边掏钱，盼望得到回答。这是一匹在吃草的马，骑士说。其他人也陆续解释道：这是一辆停在草地上的摩托车；这是一张放在草地上的床；这是一把放在报纸上的小刀；这是一套沙发……

那个把沙发搬来的人对大家说：你们随便坐吧。于是，大家坐了下来，轻松地聊着天：简简单单的一套沙发，也挺有意思的。

三把椅子

从前有个人，他有三个儿子。老大很机灵，老二很普通，老三很憨厚。

有一天，父亲把三个儿子叫到面前，说道：我把你们养这么大，现在你们该出去闯闯了。你们回来的时候，每人给我带一份礼物。谁带回来的礼物最让我满意，我就把这座庄园给他。

老大立即站起身来，迅速整理好行装，带上点吃的穿的就上路了。

老二也出发了。

只有老三还坐在那里一动不动。他喜欢待在父亲身边，害怕面对陌生人。但几天以后，他也不得不动身了。

三年之后，老大回家了。他去了很多地方，到过米兰及更远的地方。老二也回家了。他去了奥斯陆和更远的地方。

你们给我带的是什么礼物呀？父亲问。

老大带回来的礼物是一把特殊的椅子。谁一坐上它，就会被弹到天花板上或者窗外。老二也带回一把特殊的椅子，谁一坐上它，就会被牢牢粘住。

父亲很喜欢这两把椅子。他说：两把椅子的价值不相上下，所以你们可以平分我的产业，一起住在我的房子里。

不久，老三也回来了。他只去了邻村，跟着一个木匠学手艺。

你带回了什么呢？父亲问。

我为你做了一把椅子，老三回答。他将一把普通的椅子搬到父亲面前。

这是什么？父亲问。

老三说：你可以随时坐在上面。

父亲笑道：你花了三年时间就只做了这个？

是的，老三答。

于是，老大和老二住在父亲的房子里，分别娶妻生子。老三又回到了邻村，因为他爱上了木匠师傅的女儿。父亲搬出了大房子，住进了另一间屋子。

父亲的熟人很多，经常有人来访。如果是不喜欢的人来，他就打开窗户，让客人坐老大的那把椅子。客人只要一坐下，就会被弹到大街上。而老二的椅子，则让他喜欢并希望待久点儿的客人坐。客人只要一坐下，就必须留下来。最后，客人只能任由裤子或裙子粘在椅子上，仅穿着内衣裤落荒而逃。很快，就再也没人敢来看望他了。

后来，老大和老二闹翻了，还欠了一屁股债。父亲越来越穷，只剩老三送的椅子可以坐了。有个冬天的夜晚，天气特别寒冷，他只好把另外两把椅子烧掉取暖。椅子燃烧时发出噼里啪啦

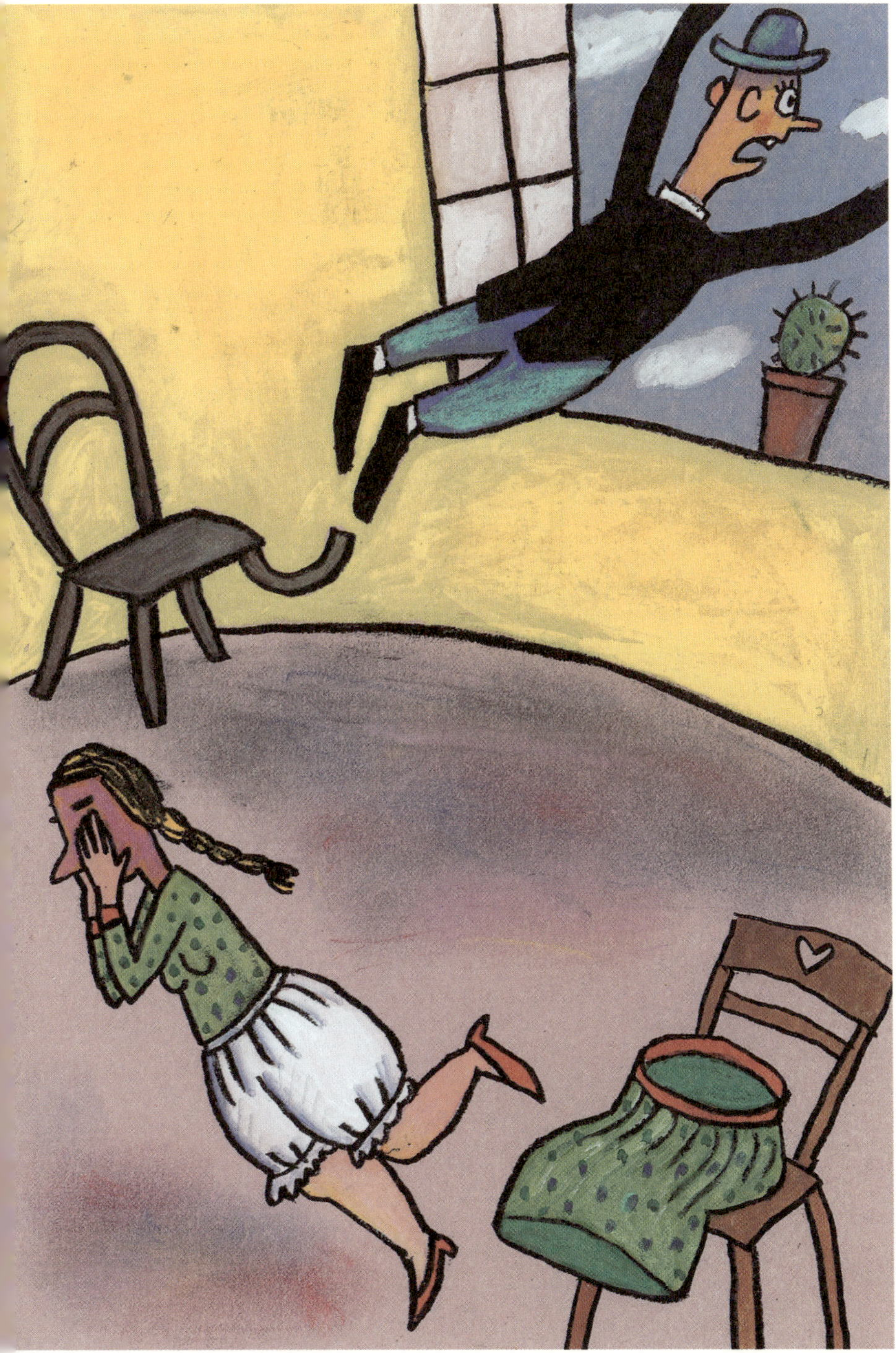

的响声，还发出阵阵恶臭，可屋里还是那么冷。

　　故事的结局，其实很容易猜到。老三和木匠的女儿结了婚，还接管了木匠作坊。两个哥哥为了还债，就把父亲的庄园卖给了老三。老三和家人搬进了父亲的房子，把父亲也接了回来。现在父亲对小儿子宠爱有加，并且十分珍惜那把普通的椅子。

　　你在法国可能听过这个故事。那个版本是一个父亲、四个儿子和四把椅子，当然，是用法语讲的。

大 衣

芬兰的拉普兰地区特别寒冷，人们都穿得很厚。一天，有个拉普兰人缝制了一件世界上最厚最大的衣服。这件衣服看起来像大衣，但比一栋房子还大；衣服上的每个口袋都有房间那么大，足够储藏数周的食物。在肚子那儿，还有一个炉子，可以用来取暖。

有一天，穿着这件大衣的拉普兰人遇见一个美丽的拉普兰女人。他对她一见钟情，就把她拉进了大衣。拉普兰女人也爱上了他，还为他生了两个女儿。一家人就住在这件大衣里。甚至连猫猫狗狗都在大衣边缘找到了自己的居所，常常在大衣里跑来跑去。这样一个家，即使在最寒冷的冬天，也暖意融融。

汽 车

　　有一家人和一辆汽车住在一起。这个家由父亲、母亲、一个小男孩和一个小女孩组成。汽车是白色的,有四个座位。没人开的时候,它就停在父母卧室的床边。
　　这是一辆不甘寂寞的汽车。只要孤独地待上两个小时,它就会寂寞难耐,狂鸣喇叭。这时,就得有人坐上车给它讲故事。故事里必须有白色的汽车、白色的摩托车、白色的自行车、白色的火车,还要有狭窄的胡同、宽阔的林荫大道、山间小路、高速公路、地下隧道、桥梁、红绿灯。当然,也得有加油站。但是,不能提到船,因为汽车讨厌船。这一点,汽车牢牢地记在自己的铁皮脑子里。哪怕只听到一个"船"字,它的雨刷都会死命地摆动。你们想害死我吗?它会歇斯底里地叫嚷。这时要让它安静下来可就难了。你可以去哄汽车,但肯定会失望,因为怎么哄都是没用的,反而会使一切更糟糕。你只有等待,等到雨刷慢慢地停下来,等到汽车开始闪灯。闪灯意味着它没事了,也意味着它想去兜风了。它热情地呼唤着:大家快上来吧,要开车了!我们开出城去，开向大海，开向高山，开去电影院，开去墓地，或者开去附近的加油站。到底去哪儿呢？去了就知道了。

比如有一次，汽车迷了路，开进了一座采石场。雨点敲打着白色的车身，一家人默默地坐在车上吃生香肠。他们原本是想做烧烤的，可木头太湿，根本点不着火。还有一次，汽车抛了锚，停在一个废弃的停车场里。父亲大声说着村庄、山峰和河流的名字，母亲低头在地图上四处寻找，孩子们则在争抢一本漫画书。

每次开车出行都会遭遇意外。可他们有时候是不喜欢意外的，比如牙疼时只想去看牙医。这时，他们就会选择骑自行车或坐公交车。有时他们不想出门，只想待在家里。小女孩就常常这样。父亲、母亲和哥哥已经坐进汽车，透过车窗向小女孩招手了，她还站在床上大哭大闹。

总之，和汽车在一起生活，虽然美好，却十分辛苦。孩子们往往不能按时上学，有时甚至根本上不了学。父母则常常旷工。

一天早上，当车灯又开始闪烁时，小女孩说：我受够了！我简直受够了这辆车！我想要一只猫咪。

汽车伤心欲绝，疯狂地摆动起雨刷来。没人知道它的铁皮脑袋在想什么。雨刷终于停止了摆动。一家人站在那里一动不动，就像在拍全家福。只听引擎呻吟了一下，只见雨刷颤抖了一下，喇叭没响，车灯没闪，这辆白色的、小巧的、供四人乘坐的汽车，就这样开走了。父亲、母亲、小男孩和小女孩，看着它的背影，心里怦怦直跳。他们又哭又笑，悲喜交加。

从这一天起，这家人的生活就变得简单多了。孩子们每天上学，父母每天上班。一只雪球般的大白猫，懒洋洋地躺在父母卧室的床上。它虽然也像那辆汽车一样有些任性，但更适合这个家。

苹果树

　　有一座城市，市中心长着一棵苹果树，树上结的果实比人头还要大。苹果不断成熟，昼夜往下落，震得大地都在发抖。谁也不敢站到树下去。

　　有一次，市政府打算在苹果树附近建造一栋房子，就委托一家建筑公司把树弄走。建筑公司派了一辆铲车过去。第一天，司机就被掉下的苹果砸中身亡。于是，再也没有人敢去接受这项危险的任务。人们只好让苹果树留在那里，把房子建在树的周围。只有那些在别的地方过不下去的人，才会搬到这儿来住。大地无时无刻不在颤抖，窗子整天咣当咣当响个不停。到了秋天，苹果花会招来无数马蜂，鸟儿也从四面八方赶来吃苹果。每到这个时候，鸟儿的叫声、鸟粪的气味和翅膀扇动带来的腥风，都恐怖之极。住在房子里的人宁愿睡在大街上。树越长越大，越长越高，很快就高过了屋顶。住在附近的人不得不陆续离家出走，背井离乡。

如今，整个城市已空无一人，一大片乌云笼罩在城市上空。而那棵挺立在市中心的苹果树，依然在不停地生长。

大面包

在一座城市里,住着一位面包师。他有一台很大的烤炉,大得像一座教堂。

一天晚上,面包师把家中的全部储备集中到一起:他从库房里搬来一袋袋面粉,又取来水、盐和发酵粉。他站在一个可以容纳二十人的大面盆里开始揉面,面粉没肩。他手脚并用地揉着面,不时在上面撒一些面粉,慢慢地揉成小山似的大面团,又让它逐渐有了面包的形状。面团发酵膨胀,越来越大。然后,面包师用小推车拉来柴火,在面团周围搭起一道围墙,点火开始烘烤。四周越来越热,热得连邻居们都在流汗。第二天早上,火熄灭了,烤好的面包静静地躺在那里。看上去不错,面包师对自己说,也对面包说。他用绳子捆住面包,再把绳子套在马上。他牵着马,把面包拖出烤炉。他骑马走出家门,身后拖着一个大面包。

他来到一座广场上,把那里的饥民召集起来,说:我给你们烤了一个面包。随便吃吧,想吃多少就吃多少!饥民们狼吞虎咽，个个都吃得很饱。孩子们在面包周围爬上爬下玩耍。可面包却没变小，似乎仍然像开始时那么大。面包师就又骑上马，拖着面包去了孤儿院。他说：孩子们，我给你们烤了一个大面包！孤儿们吃得欢天喜地。尽管院长也吃了，还留下了一大块备用，可面包仍然没变小。面包师骑着马去了监狱。他向囚徒们发出邀请：来吃吧，想吃多少都可以！囚徒们和狱卒们放开手脚吃了起来。他们还掰下很大一块，储存起来。可面包还是没啥变化。

傍晚，面包师又拖着面包回到广场。那里所有的人都吃饱了，就站在面包周围聊天。这时，面包师给他的马喂了一点面包。

夜幕降临时，一位金发女郎走进广场：请你给我一块面包吧，我饿了。女郎实在太美了，面包师情不自禁地拥抱并亲吻了她。他给她吃了面包，然后他们脱掉衣服，一起在面包上挖了一个洞，并钻进洞里。他们在面包里有说有笑，最后一起睡觉。次日天亮时，他们俩都感觉很饿，饿得把整个面包都吃光了。

如果咬一口面包，长时间咀嚼，它就会很甜。如果不断重复一个单词，它就会变得很奇怪。比如"面包"这个词吧，只说一次，它就是面包。可如果无休止地反复说"面包面包面包面包面包面包面包……"它就变得什么都不是了，或者变成了其他意思。如果一个词完全走了样，那你最好深吸几口气，静静坐下，耐心等待，直到面包重新变回"面包"。

阿拉斯加的金子

报纸上常有关于阿拉斯加淘金的报道。报道里老是说，淘金是个苦差事，不会使人发财。报道里还有照片为证——很多衣衫褴褛的人穿着长筒靴站在水中。据说他们忙活一天，一无所获，晚上只能去小酒馆借酒浇愁。

千万不要相信报纸上的一派胡言！

阿拉斯加确实有金山。表面上虽然看不出来，但只要挖掉山的外壳，就会一片金光闪闪。只要用锤子一敲，一块块纯金坨子就会掉到你脚下。在报纸的照片上出现的那些人，都是故意装扮成穷酸样来欺骗我们的。他们只是不希望我们去分享这些财富。所以一有记者去阿拉斯加采访，他们就会拿起小筛子，装作很吃力地筛洗黄色的河沙。他们在人前自己卷烟抽，口袋里却装着天价雪茄。

书

这些伪君子!

从前有一部书,囊括了天下一切重要的知识。有个人每天都在读这部书。等我知道了一切,那我做什么就都会成功,他想。但是,他读书时急于求成,很快就把读过的东西给忘了,只好又从头开始。为此他睡眠不好,消化也不佳。这本书里,也谈到了养生、疾病和死亡等问题。这个人八十岁时患了肺炎,即将离开人世时,却脑子空空,什么都没有记住。他就这样死去了,嘴巴张着,双手交叉放在书上。

这个人没有子女—— 他一生中很多事情都没有体验过,也没有尝试过爱情—— 所以这部书由他的侄女来继承。她一直照顾生病的叔叔,看到他是如何孜孜不倦地读书,又是如何不幸地终了一生。她想,一部让人不幸的书,对我是没有好处的。于是,她把书搁到了一边。但她无法忘记这部书,甚至有些害怕。她把书藏进箱子,箱子让她害怕。她把箱子藏在阁楼上,阁楼让她害

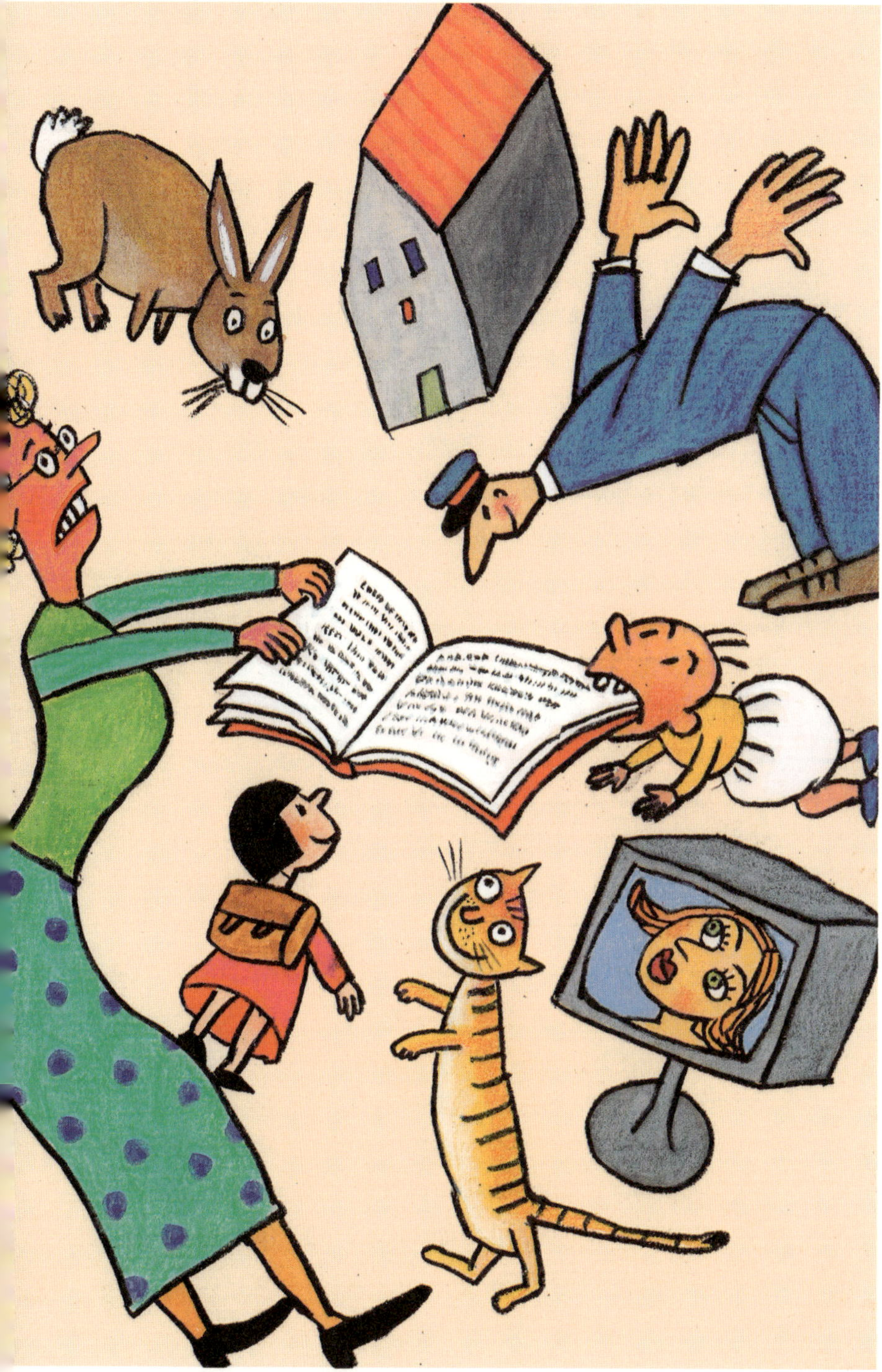

怕。最后，整栋房子都令她恐慌。于是，她逃到了国外。

她的儿子是一位能干的养兔专家，清理阁楼时发现了这部书。他把书放在房间里的电视机上，长期闲置。有一天晚上，他翻开书，浏览了饲养家兔的章节。读完后，他说：这算什么？这些我早就知道了！他把书扔出窗外，扔进了黑夜。

第二天，一名邮差在大街上捡到了这部书。他把书带回家，放在书架上，随后就忘记了。有一次，他的孩子坐在玩具堆里大哭，他随手把这书扔给孩子玩，想让他安静下来。孩子抓过书又撕又扯，还用他的小乳牙咬书皮。如果不是孩子的阿姨赶来把书拿走，书肯定已经被他啃光了。孩子继续哭闹，阿姨就把书翻开读了起来。她读得很慢，想把时间拖长一点。她一个字母一个字母地读出来，拖长声音，慢慢品味。但这样一来，就词不像词、句子不像句子了。

等阿姨把书读完，时间已经过去了几年。她满脑子留下的只有字母和音节的嗡嗡声。在一个公共汽车站，她把书送给了一个瘦瘦的女孩。后来，瘦女孩的哥哥把书翻开，开始读起来。他刚读了十行，就有人喊他去吃饭。他把书带到了餐桌上，食指夹在书页中。饭后他没再继续读了，先是电视节目吸引了他，后来是困了去睡觉，然后是起床、吃早饭、工作、吃午饭。从那一天起，无论去哪儿，无论干什么，他都一直带着这本书。他书不离手，食指一直夹在书页中。他干啥都毛糙，因为只有一只手空着。

后来，他认识了一个女孩，娶了她。他把书带到了两人的婚床上。他睡着以后，妻子把书拿过来读。他却丝毫没有察觉，因为他醒了以后，食指仍然夹在书页中。妻子把书读完后，当天就离家出走了，再也没有回来。

这个男人就这样活了很久,心脏才停止跳动。一个邻居发现他躺在一片狼藉中。邻居关掉煤气,扶正椅子,捡起地上的餐具,最后发现了那本书,并读了起来。他越读越入迷,甚至没有发觉,用来照明的烛火点燃了窗帘。整个房间很快就烈火熊熊。可邻居这时正好读到《火》这一有趣的章节,学到了许多有关火的知识。直到书也开始燃烧,他才停下来,最后在浓烟中窒息而亡。

游荡的城市

　　有一座城市叫阿乐万,位于一片蓝色的湖水边。有一天,它突然消失了。一个想去阿乐万探望母亲的男子,来到这里感到很茫然。他爬上原本矗立着教堂的山丘,四处张望,却再也找不到原来的塔楼和烟囱,再也寻不到阿乐万的踪影,只有孤单的环湖公路和铁轨,像四射的光芒向前蔓延。

　　男子想,阿乐万没了,没留下任何信息和踪迹,它肯定是趁着黑夜和浓雾溜走的。

　　男子随即决定去寻找这座城市。他在附近四处打听:您看见阿乐万了吗?但没有人遇到过这座城市。阿乐万!男子呼喊着。人们甚至听到他在窄小的峡谷里喊叫的声音,其实那里连一座小村庄都掩藏不住。

　　或许阿乐万已经偷偷越过边境,去国外生活了吧?男子想了想,就继续去其他国度寻找。

　　在寻找行动的第十年,他突然发现了一个地图上没有标示的

村庄。他觉得自己迷失了方向，就去找人问路。从这儿走，能到卡萨罗萨吗？他问一个正往圈里驱赶牲口的男孩。也许可以吧，男孩回答。

你可能不是这里的人吧？

算是吧，但这里常常不是这里，而是其他地方，男孩说。

男子认为这个男孩脑子不太正常，但他还是像以往一样提出同样的问题：这里来过一座城市吗？

一座城市？

嗯，一座名叫阿乐万的城市。

不认识。它长得什么样啊？

它有工厂、教堂、医院、学校、酒馆、商店、桥梁和公园。

男孩说，从我们这里经过的城市一座接着一座，也有村庄，有时还会掠过单个的房子。如果要把它们的名字和所有塔楼、桥梁的名字都记住，那我就忙死了。

经常有城市从这里经过？那它们去哪儿了？男子问。

去这边，去那边，反正去哪儿的都有。比如我们这个村庄，一个月前才到这里，我们也不知道它会在这里逗留，还是会永远留下来，或者只是休息一下就继续往前走。我们得去村庄喜欢的地方生活，它去哪儿，我们就去哪儿。有时刚刚住习惯，就又得把房屋、畜圈和谷仓收拾好，继续往前走。听说有些城市和村庄四处游荡，在哪儿都不停留。它们的居民基本上是补锅匠和说书人。

这时候，周围开始热闹起来。

我们的村庄要走了，如果您还想找到路的话，现在就走吧，男孩边说边把最后一头牛拴牢。

男子只好照做。他刚刚离开，那个村庄就带着所有的居民和

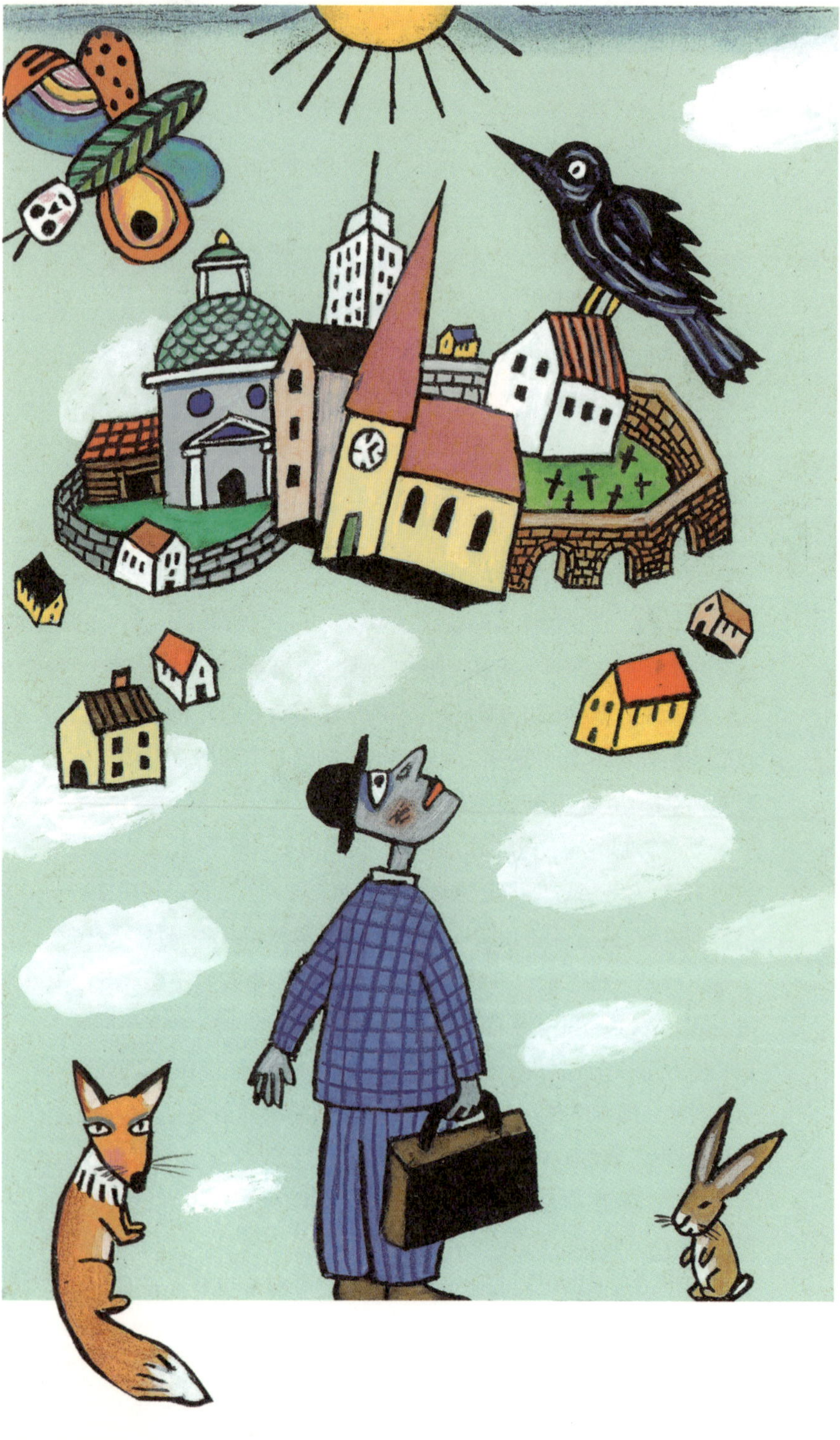

所有的东西上路了。

天慢慢黑了下来,男子坐在路边想念他的城市:也许它仍然居无定所、无法安睡,也许它已经误入歧途、迷失方向。

突然,他背后传来钟声、鸣笛声和欢笑声。他转过身去,看见了他的城市。工厂、教堂、医院、学校、酒馆、商店、桥梁和公园,一应俱全。城市的另一面,太阳正在落山。

它看上去和从前一样,只是因旅途劳顿而满身灰尘。

阿乐万!男子轻声叫道。

原来你在这里!城市说,你的母亲正在弥留之际。快去吧,她在等你!

在我们这里,城市不会消失,只有猫咪会走失,金丝雀会飞走,金鱼会游走。它们去哪儿了?

动 物

邀　请

　　盛夏，花园里。小昆虫们在梨树下飞来飞去，快乐地哼着歌。我一边跟着哼，一边为一株锦葵搭起支架、拔去杂草。我干干这，干干那，偶尔休息一下。
　　一只蜜蜂飞过来对我说：我们女王今日大婚，需要一位伴娘。我们选中了你。
　　我擦了擦手指上的泥土，说：谢谢。那我穿什么好呢？
　　翅膀，蜜蜂说。

大象的故事

　　一头大象来了。我不知道它从哪里来，也不知道它要到哪里去。它的名字具有异国情调，我记不住。可以肯定的是，它来了，又走了。它是一头大象，也是确定无疑的。嗯，一头孤单的灰色大象，走路来的，来了又走了。有关大象的故事，最重要的似乎是它的内心。我知道，在大象的内心深处，有些东西无比沉重和阴暗，难以言说。即使我知道，我也不能说。

狮子的吼声

一头病重的狮子大吼一声,吼声传到了很远的远方。远方的边缘长着一株荆棘,吼声被荆棘缠住,无法前行。吼声试图解救自己,却越发与荆棘纠缠不清。当它最终挣脱时,已是几小时、几天、几星期之后。它立即跑回狮子身旁,但狮子已经死了,在炽热的阳光下,散发出一股恶臭。鸟儿们在狮子的肋骨上单腿站立,虫子们在它的耳朵里筑巢。

这里得说明一下,吼声已经不是第一次晚归了,狮子还活着的时候,就发生过。吼声回来时,狮子通常会保持沉默,连骂都不敢骂一句,因为它得先把吼声收回来。

没了狮子,吼声该怎么办呢?长此以往,当然不行。它想找个落脚的地方,可是,没有一头狮子愿意换成新的声音,毕竟声音还是自己的好。羚羊和麋鹿如果换成狮吼,肯定好处多多。但它们一听到狮子的吼声就吓跑了,根本没听到吼声的恳求。

吼声绝望得快要放弃时,一只老鼠突然来到它面前。老鼠在远处听到了吼声的诉求,它愿意换一种声音。来吧,狮子的吼声,我在喉咙里为你准备了位置,老鼠吱吱地叫着。

到你那儿去?吼声吼道。

老鼠毫不迟疑地把自己的吱吱声赶走,接纳了狮子的吼声。一切都进行得很快,没有遭到任何阻拦。地方虽然小了点儿,但总比孤零零好,吼声想。

吱吱声在外面问:现在我该怎么办啊?

老鼠立刻吼道:你赶紧走吧,你把我的耳朵弄得好痒!

没了老鼠,吱吱声该怎么办呢?在故事的结尾还是得交代一下。

吱吱声走了,去寻找自己的归宿。在附近的山丘上,它找到了一个阳光充足的空老鼠洞,安顿下来。它所期待的那只老鼠发出的可怕狮吼,每天晚上都会穿过田野传过来。每到这时,大地都会颤抖,被虫咬过的果实会纷纷从树上落下来。

吱吱声总会吱吱叫着说:这是我的狮子!然后,它会在幸福的感叹声中安然入睡。

巴格达的骆驼

一头骆驼在巴格达城里迷了路。它去向警察求助:劳驾,请问去火车站怎么走啊?

您要去坐火车吗?警察从衣领里探出头来问道。

不是,我是想去火车站餐厅。那里每个星期五都要提供新鲜的干草,骆驼答。

可今天是星期六啊,警察疑惑地说。

那正好换换胃口,我就不用老吃干草了,骆驼说。

警察给骆驼指路:第二条街右转,就到了一个广场,您会看见一家烟草商店,从它的左边直走过去就到了。

多谢,骆驼说。它走了几步就折回来问:对不起,哪边是左边啊?我知道哪边是右边,但是左边……

左边就是不是右边的那边,警察用右手指着左臂说。

这么简单啊!也就是说,我只要知道哪边是右边,就足够了,骆驼高兴地说道。

骆驼继续往前走。虽然它知道去火车站的路线,但最终还是没找到,去了另一家餐厅。不过也没关系,因为这家餐厅每个星期六都要提供新鲜的干草。

骆驼的目光为什么这样疲惫

过去,骆驼的眼睛常常睁得大大的,充满了好奇心。那时候,它生活在一个满是草和苹果树的国度。有一天,它离开那里,踏上了长长的旅途。很久之后的某一天,它来到一片沙漠的边缘。骆驼感到很奇怪:除了沙子,就没有别的了?后面肯定还有什么!于是,它走向第一座沙丘,并越过了它。

但它的后面仍然是一座沙丘。这座沙丘后面还是一座沙丘。就这样,骆驼走过数十、数百、数千座沙丘,来到了沙漠深处。后面肯定还有什么,它始终这样想,肯定有什么,肯定有什么,肯定……

骆驼继续往前走。它又渴又累,眼皮也越来越沉重,几乎盖住了眼睛。当它看到最后一座沙丘时,它已经失去了最后的勇气。后面肯定什么都没有,它想。然而,最后一座沙丘的后面有树,树下还有泉水。骆驼走向泉水,开始狂饮。什么都没有,它想。骆驼虽然在喝水,但眼睛都快闭上了。它还在想:后面什么都没有，什么都没有。

从这一天起，骆驼的目光就变得疲惫了。

为什么？为什么？无数问题在为什么的故事里都没有答案。

为什么麻雀这么多，独角兽却这么少呢？

为什么影子一见到光就躲呢？

为什么我们看不见空气呢？

为什么流星总是落在山的背后呢？

为什么植物沉默不语呢？

为什么雪花不结果呢？

为什么没有三条腿的动物呢？

为什么会有倒霉鬼和幸运儿呢？

为什么我们醒来后找不到梦里的东西呢？

一、二、三、四

有些鸟儿会数数。它们不是去数鸟巢、羽毛、虫子或树木等,而是知道每个数字的名称,然后叽叽喳喳地喊出来:一、二、三、四、五、六、七、八,一直喊到三十或四十。有些鸟儿还能从三四十倒着数回来。

有一天,一个男人走进森林,听到鸟儿叽叽喳喳数数的声音,吓了一大跳。因为他习惯于一切正常,害怕异常。他赶紧跑回村子,喊道:我听到鸟儿在数数,还准确无误!邻居们都不相信。他让大家跟他一起去听,可大家都不想去。

那个人心里想,为什么自己偏偏会碰上这样的事呢?但他只能把这件事埋在心底。

会数数的鸟儿确实是有的。

066

大鸡蛋

　　一只母鸡在太阳底下生了一个蛋,非常大,有母鸡那么大。这只蛋里,孕育着一只鸡雏。鸡雏一天天长大,想破壳而出的时候,就开始用嘴啄蛋壳。笃,笃,笃。可蛋壳太厚。鸡雏越来越大,啄蛋壳声也越来越响。笃,笃,笃,笃。一天早上,由于蛋壳里一直都黑漆漆的,所以只能说是一个阴暗的早上,它放弃了啄蛋壳。它已经长得跟蛋差不多大,自己也开始生蛋了。它只能把自己生的蛋吃掉,因为蛋壳里的空间太狭小了,又没有其他食物。就这样,它在蛋里面生活了一年又一年。它和其他鸡一样,会咯咯叫,会扒沙土。假如有人用锯把蛋壳锯开,或者用锤子砸开,就会看见一只瞎眼的老母鸡站在白色的碎片中间。现在为时已晚,因为那只鸡已经死了。那个大鸡蛋一直躺在太阳底下,就像刚刚生出来一样。

谁要是不喜欢这个故事的结局,可以补充一个新的。比如:
　　一个农妇不小心用钉耙碰到了鸡蛋,蛋壳破裂,鸡雏站到了太阳底下。它是灰色的,十分可爱。农妇把它带回厨房,用荷包蛋和炒鸡蛋喂它,晚上还给它讲故事,关于母鸡的故事:一只母鸡在太阳底下生了一个蛋;蛋的上面是金灿灿的太阳;金灿灿的太阳上面是蓝莹莹的天空;蓝莹莹的天空上面是……

蓝色的猎隼

一个女孩经过一个公园，看见一个女人叉开两腿、弯腰站立。

您看见我的蓝色猎隼了吗？女孩问。

没看见，女人答道。

女孩继续往前走。她看见一个男人躺在汽车底下，只有两条腿露在外面。

您看见我的蓝色猎隼了吗？女孩问。

蓝色的什么？

蓝色的猎隼。

有这样的东西吗？男人问。

女孩继续往前走，逢人便问，但没有人见过她的爱鸟。

她再次提问的时候，已经是晚上：您看见我的蓝色猎隼了吗？

被问者是个外国女人。它不在这儿，她用蹩脚的德语回答。

她指着一个公交车站说：看，它在那儿！

果真有一只鸟站在椅子的扶手上。

可它不是蓝色的，也不像猎隼，女孩说。

这时，那只鸟开口了：我就是你的猎隼啊！

女孩走近一些，抱歉地说：我没有立刻把你认出来，因为你看上去就像一只黑色的乌鸦。

这不重要，蓝色的猎隼说，重要的是，我们又在一起了。

一只白色的动物

在我们的森林里,有一只白色的动物。它的名字我想不起来了,好像跟雪有关。不,不是雪,而是和白色有关。昨天我还在对卢卡斯说:你看,卢卡斯,一只……一只雪一样白的动物。

反正是一只白色的动物。全身雪白,毛茸茸的。或者长着羽毛?无论如何,肯定是白色的。它很高?是的,很高。它很长?是的,很长。

从背后看很特别,但很难形容。至于正面,似乎没什么好说的。它的叫声很响,可以传很远。就是这样。不,也不完全是这样。这很难模仿。反正它会叫,是白色的,而且很胆小。它会用白色的眼睛直视你的脸。像这样,或者像那样。它就那样看谁一眼,谁就会惹上麻烦,而且将永远无法解脱。

寻找幸福

一条圣伯纳犬生活在一个农庄里。只要有陌生人或它不喜欢的人走近,比如那个背着邮包的邮差,它就汪汪直叫。除此以外,它就无事可做了。虽然它每天吃得不怎么样,但足以填饱肚子。这样的生活它应该满足才是,可它有点不甘心。在一个春季的星期天下午,趁农夫和太太睡午觉,它离开农庄,踏上了一条乡村小路。小路两边是宽阔的田野,远处是一座山峰。

不久,它看见路边有一只兔子。当它走到近前时,兔子问道:你好,你去哪儿啊?

我厌倦了现在的生活,想到别处去寻找幸福,圣伯纳犬答道。

别处?兔子点头说,嗯,那我们可以同路。

圣伯纳犬很高兴能有一个同伴。由于彼此还不熟悉,天气又热,所以它们并肩前行,却默默无言。走了几个小时,离远处的山峰近些时,兔子终于开口了:我在寻找复活节兔,我要住在那

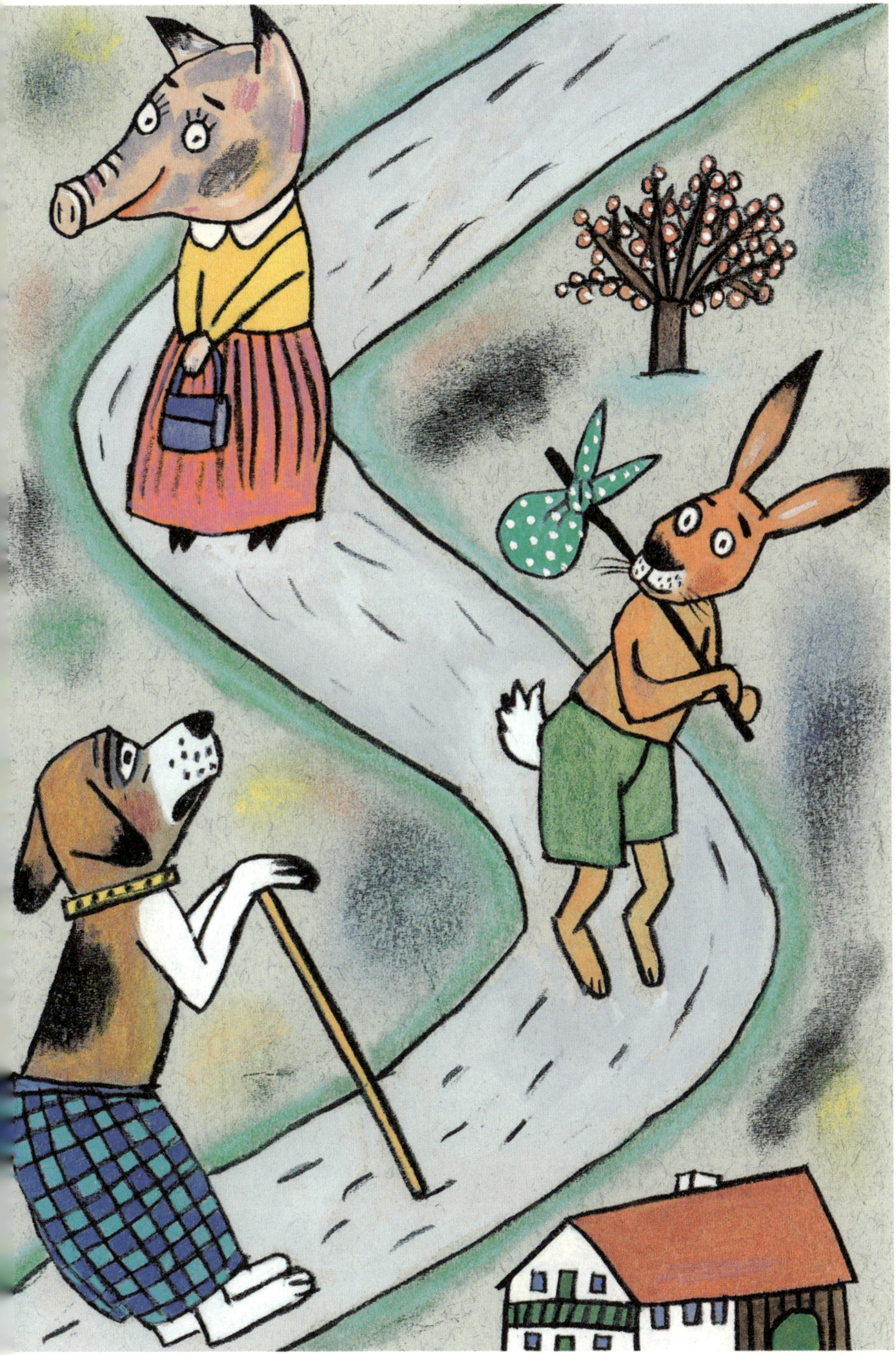

里，学习画彩蛋。

　　它们走了一段林荫道，感觉凉快多了。我也想学点什么，圣伯纳犬说，我想去寻找圣人伯纳（基督教的一位圣人，他的画像中总有一只白犬陪伴左右。——译注）。

　　在夕阳的余晖中，它们看见路中间有一头母猪。你们去哪儿啊？母猪喊道。

　　圣伯纳犬说：我们不想浪费时间。跟我们一起走，你就知道了。于是，母猪加入了它们的队伍。我们在寻找幸福，兔子一边走一边解释，你是不是也在寻找什么呢？

　　我在寻找松露，母猪说。圣伯纳犬和兔子听了都没吱声。

　　它们仨就这样一起走了整整一天。在一个十字路口，它们分道扬镳：一个去探访峡谷木屋中的圣人伯纳；一个上山去请教复活节兔；另一个则去长着灌木丛的平原寻找松露。它们商定一个月后回来，分享寻找幸福的经历。

　　一个月过去了，它们又在十字路口相会了。圣伯纳犬和兔子显得有些疲惫，不停地抓挠自己满是尘土的皮毛。较晚到达的母猪却目光炯炯，身上散发着一股芳香。

　　你们找到幸福了吗？圣伯纳犬问道。它看了一眼兔子，兔子还在忙着挠痒，可能一时半会儿还停不下来。于是，圣伯纳犬先讲自己的故事：

　　我们分开时已是晚上，你们应该还记得。我沿着河岸走向峡谷深处，不一会儿就到了路的尽头。那里岩石纵横，陡峭难行，我只好蹚水前行。河道拐弯以后，我突然看到远处有一束光芒。我走近才发现，那是圣人伯纳头顶的光环，光芒四射。他正弯腰在木屋的角落里找着什么。看到我走进去,他一点儿都不吃惊。也许他在等我吧。晚上好,圣伯纳犬,他说,你在找我,而我在找小刀,忘记放在哪儿了。小刀就在你的脚下,我说。他笑了,把小刀捡起来,然后用小刀削了一只梨,把削下的皮递给了我。我立马吃了,因为太饿了。这时,圣人伯纳借着头顶的光环,在看一本名叫《圣经》的书。书中讲的是和上帝有关的故事。他放下书时,夜已深沉。我想跟他解释我为什么来,可他只点了两三下头,就睡着了。他的脑袋晃来晃去,头顶的光环也随之晃动,投射到木屋的墙上、天花板上,晃得我头晕。这天夜里,我睡得很不安稳。无法熄灭的光环,严重影响了我的睡眠。我真希望他睡觉时能戴一顶帽子。

第二天早上,他又打开书,看了很久。他早就把这本书读得滚瓜烂熟,还是一读再读。假如他不是圣人,那应该很健忘。他跟我平分了一个苹果,我很感激,我的肚子却不以为然。圣人伯纳用水果和羊奶果腹,对这样的饮食我实在提不起兴趣。

在暖和的夜晚,他会去河边看书,头顶的光环会引来许多鱼。有时候,我会用嘴或爪子抓鱼。他虽然心中不忍,但一言不发。每当这时,他的目光就会牢牢地锁定那本书。

日子就这样一天一天地过去了。我没有多少东西可吃,也没有多少事情可做。因为这里没有什么东西值得看守,也没有什么人需要保护。只有下雨的时候,我才不那么无所事事。雨水会从屋顶漏进来,我得把地上的水舔干。

如果营养好一些,他就有力气爬上去修补屋顶了。

他的光环还招来不少飞虫。一到晚上,上百只飞虫在他头上飞舞,扰得他无法安心读书。我逐渐学会了轻摇尾巴驱赶飞虫的本领。

　　我们偶尔会离开木屋去远方。他会在我的脖子上挂一小桶酒。我们在路上有可能遇到受伤的动物或人,酒可以给伤口消毒。有一次,我们看到一只受了重伤、濒临死亡的小鹿躺在地上。我们虽然有酒,但来得太迟了。小鹿没有看我们,而是望向森林深处。圣人伯纳从小桶里喝了一口酒,叹了一声:唉!每次喝酒他都这样。我们继续往前走。路途艰险,我们都很累。他不时踩到自己长袍的下摆。突然,我脖子上的小酒桶撞到一块大石头上,桶栓撞断了,酒流了出来。他一看到就破口大骂:见鬼去吧,你这只该死的圣伯纳犬!我不知所措,心里很难过。后来,我们都没再说话。等我们回到木屋,他已经冷静下来。他甚至掉下了眼泪,请我原谅。

　　第二天,我就离开了那个地方。圣人伯纳祝我一路平安,随后立即翻开了书。

　　圣伯纳犬讲到这儿就停住了,因为它的故事讲完了。
　　他是一位真正的圣人!母猪吧嗒着嘴说。它以为圣人就是一种美食。
　　现在轮到兔子开讲了。

　　我们是在同一个夜晚上路的。那个夜晚很晴朗。我爬上一座陡峭的山坡,看见很多星星落到了山的背后。第二天拂晓,我就到达了复活节兔所在的高原。我到处寻找兔窝,却只找到一个鸡舍。复活节兔和它的女儿以及上百只鸡就住在鸡舍里。我上前致以问候,它只闷闷不乐地回应了一句"复活节快乐",就转身离开了,仿佛我只是一个过客。它的女儿叫黑薇茜，当时还在睡觉。

我很失望。而且，复活节兔穿的衣服我也不喜欢，就像插图中画的那样，十分可笑。它穿着一件破旧的绿丝绒马甲和一条肥大的条纹裤，头上戴了一顶鸭舌帽。后来我才知道，它的妻子在几周前生下了一具死胎，然后也去世了。怪不得复活节兔看上去这么邋遢。原来它还没有从痛失妻儿的悲伤中走出来。

它无心打理一切，我只好出手相助。我花了整整三天来清扫鸡舍。没人帮我。

在此期间，复活节兔的心情慢慢变好了，对我也友善多了，还给我讲了很多知识。尽管已是夏末，它还是煮了许多蛋，用来染色和画画。它传授给我不少小窍门，有些是父辈的经验，有些是自己的总结。画彩蛋对于我来说绝非易事，刚开始我连画笔都拿不稳。

我很愿意干活，但是也该有点像样的食物吧。虽然复活节早就过了，但它们还在吃煮蛋。我当然也跟着吃，因为我想适应这里的生活，而且也没时间去找吃的。但我实在吃不惯淡而无味的东西，蛋黄还老是粘在上腭上，很不舒服。

每次吃饭之前，我都得陪黑薇茜玩"撞蛋游戏"。每当两枚鸡蛋相撞的时候，它都会叫一声，听上去有点像打嗝。

我很快就发觉，复活节兔看中了我，想让我当它的接班人，还期待有朝一日我能向它的女儿求婚。它没有儿子，又觉得住在高山上的雪兔不靠谱。有一天晚上，它问我从哪里来，父母叫什么。

我说我不知道，因为从小到大只叫过它们爸爸、妈妈。我的回答显然令它不安。

其实我自己也不清楚，去那儿是为了啥。我去是因为崇拜复活节兔，想向它学习，不为别的。学习，还有些成果；崇拜，没什么行动。它的女儿却把事情搞得一团糟。如果它把复活节说成圣灵降临节，我一点儿都不觉得奇怪。有一次，它问我：你是真的"啊"我吗？它根本发不出"爱"这个音，只有小家兔才这样说话。

有一天，我出门去采草药，打算制作画蛋的颜料。回来的路上，我突然看见它把身上的条纹衣服脱了下来，正在河边清洗。它听到我走近的声音，撒腿就跑，藏到了树丛里。我喜欢你，我说，你用不着躲起来。但它一动不动。我喊道：别这么傻，黑薇茜。当时我很气恼，就把采来的草药都吃光了。我不傻，它在树丛中回答，我是个规矩的女孩。

喂鸡的时间到了，我只好回到鸡舍。复活节兔立即发现我是空手而归。草药在哪儿呢？它喊道，见我没有回答，又说，明天早上之前，你要在五十枚鸡蛋上面写上"复活节快乐"。

我受够了。反正快一个月了。我没有写"复活节快乐"，给鸡喂完饲料后，就匆匆告别了。

复活节兔明显很失望，但还是跟我握了握手。

这时，黑薇茜也回来了。它的衣服还是湿的，但已经穿在了身上。我说：小心，黑薇茜，别着凉了！它哭了起来。我想，也许有一天，它会结识一只雪兔的。

兔子不断地挠着自己沾满灰尘的皮毛。这就是我的故事，它说。

兔子讲完后，圣伯纳犬转头问母猪：你呢？你有什么经历啊？

母猪想了想，说道：我没啥好讲的。我来这儿就是为了听你

们讲故事。你们的故事很有意思,使我深受启发。谢谢你们。天已经黑了,我也该走了。母猪只留下一句"各位保重",就离开了。

你找到松露了吗?兔子在它身后喊道。圣伯纳犬和兔子似乎听到树丛中传来一声"是的"。

它们俩一起踏上了归途。圣伯纳犬说:你发现了吗?母猪的眼睛里闪烁着光彩,身上的气味也很好闻。也许它找到了幸福。我们只要跟随它的足迹,就能找到幸福。

找到母猪的幸福吗?兔子疑惑地问。

名 字

汉斯、汉斯汉斯和汉斯汉斯汉斯

一位父亲有三个儿子，长得一模一样。老大叫汉斯，老二叫汉斯汉斯，老三叫汉斯汉斯汉斯。每到吃饭时间，父亲都会大声呼唤在花园里玩的孩子们回家。以前，父亲是这样喊三个儿子的：汉斯汉斯汉斯汉斯汉斯汉斯。后来，他嫌太麻烦，就发明了一个简称：汉斯汉斯汉斯。这个简称不只是老三的名字，也包括了老大汉斯和老二汉斯汉斯的名字。有时候，父亲只想叫老三过来，就会叫"汉斯汉斯汉斯"，结果三个儿子都出现了。有时候，他想把三个儿子都叫过来，却只来了老三。最麻烦的是，他呼喊老大汉斯，常常没人答应，就只好连叫两三声，可是，过来的往往是老二或者老三。

父亲终于发现，自己给三个儿子取的名字不太好，得另起炉灶。于是，他叫老大汉天，叫老二汉地，叫老三汉人。

这个故事还有一个姊妹篇,名叫《安娜、安娜安娜、安娜安娜安娜》。

风一家子

  风有四个女儿：苏珊、赛琳、索菲和莎珐。莎珐是最小的女儿，今年999岁。她比索菲小1000岁，比赛琳小2000岁，比苏珊小3000岁。风每一千年生一个女儿。

  她们的母亲呢？一共有四位母亲，因为风有四位夫人：苏珊的母亲是萨蓓特，赛琳的母亲是施蒂妮，索菲的母亲是茜比丽，莎珐的母亲则是斯特芬。四位夫人都很快就离开了风。他喜怒无常，居无定所，没法过日子，她们说。风有时很温柔，有时很暴躁，有时下落不明。

他的四个女儿当中没有一个是风。苏珊是一只山雀,赛琳是一只野鹅,索菲是一只母鸡,而莎珐是一张沙发。风目前和第五任妻子玛丽·路易斯生活在一起。她是来自法国的一片云。她变幻莫测,千姿百态,时而苗条,时而丰满,时而苍白,时而红润。幸好她身上的香味一成不变,否则风回家时会认不出来。

明年,又一个千年就要过去了。他的第五个女儿桑笛会在那时诞生。这次说不定是个风女孩吧。

各 种 猪

　　世界上有各种猪，有土猪、家猪、江猪、豪猪、豚猪、野猪、扑满猪和吉祥猪。

　　家猪生活在农村，土猪也是，其实大多数猪都是。扑满猪住在城市里，通常很沉，而且易碎。

　　雌性的猪叫母猪，雄性的猪叫公猪，孩子叫猪崽。它们通通都叫猪。

　　野猪很野，它的孩子却不野，身上还长着条纹，叫野猪崽。其他猪的孩子分别叫：土猪崽、家猪崽、江猪崽、豪猪崽、豚猪崽、野猪崽、扑满猪崽和吉祥猪崽。

　　猪不会出汗。天气太热或太干燥，它们就在泥地里打滚。土猪也这样。最干净的猪是扑满猪，只用来存钱。

　　猪肉是可以吃的。猪的后腿可以腌制成美味的火腿：土猪火腿、家猪火腿、江猪火腿、豪猪火腿、豚猪火腿、野猪火腿，扑满猪火腿和吉祥猪火腿只能看不能吃。

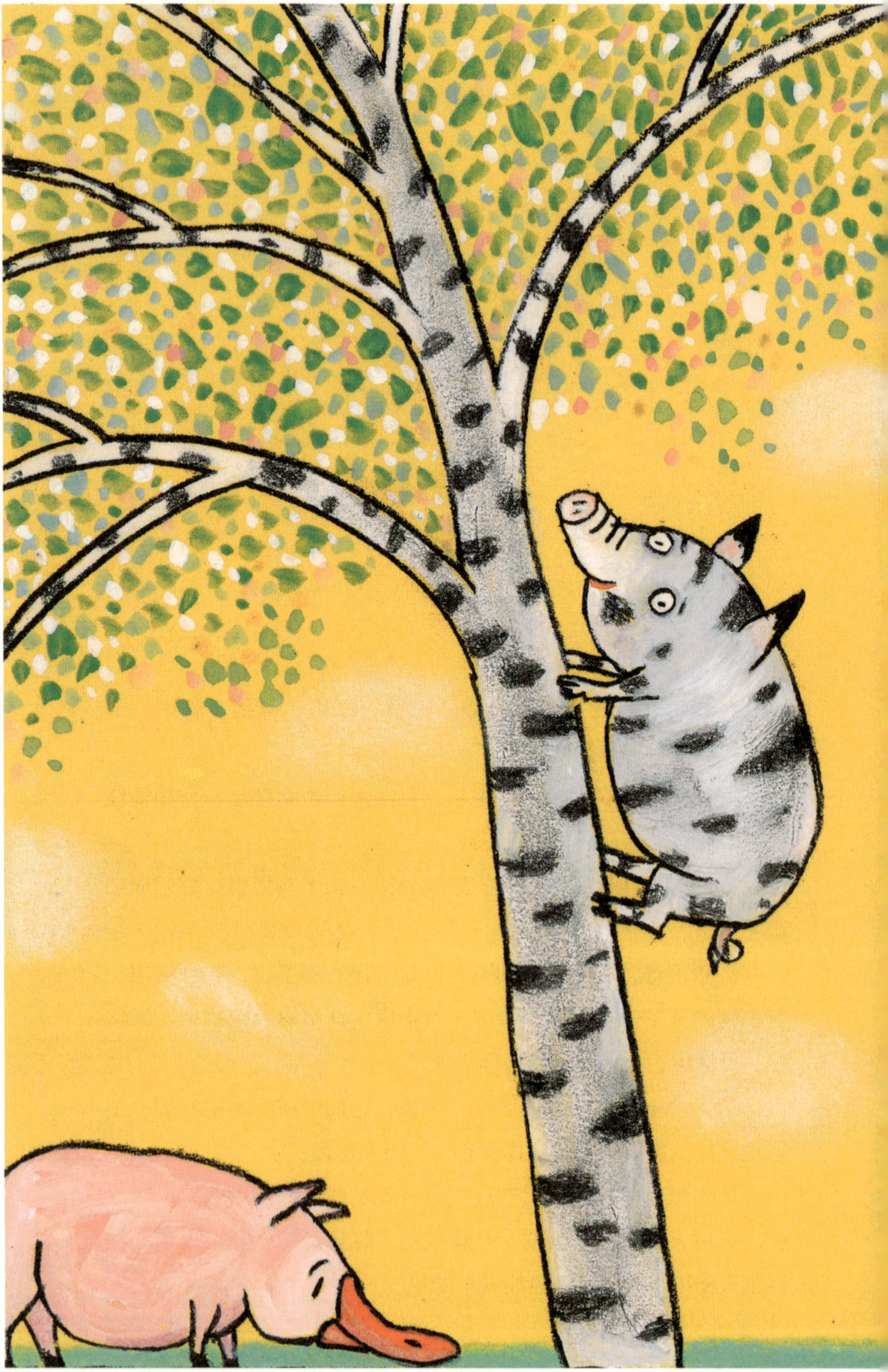

猪高兴的时候会哼哼。扑满猪不会哼哼,只会叮当作响。

豚猪只有在没人的时候才会叫两声。有个男孩说,他曾经躲在窗帘后面,偷听到他家的豚猪在哼哼。但是,豚猪一发觉他的存在,就变回了吱吱叫。豚猪们聚在一起时,闹出的动静其实挺大的。

桦树猪、石头猪、眼镜猪和鸟嘴猪,是不存在的。

皮 特 儿

　　马戏团的团长有一条狗，叫彼得。这条狗和其他狗没什么两样，唯一的区别是它能说出自己的名字，而且是美语发音。它说的是"皮特儿"。

　　彼得是全世界唯一一条会说话的狗，但它只会说这一个单词，实在太少，没法成为马戏团的一个表演节目。我们可以设想一下：一条狗跑到舞台中央，高喊一声"皮特儿"，然后就灰溜溜地下去了。这样能行吗？

　　马戏团的团长想教这条狗说更多的话，多年来每天都坚持缓慢而清晰地朗读英文单词给它听。事实证明是浪费时间。他又试着教它一些简单的技艺，同样没有成功。真遗憾！它就是缺少那么点儿智慧。它只需用鼻子顶着球，爬上梯子最高那一级，等乐队给个响亮的信号，说声"皮特儿"就好了。可它只会摇尾巴、四处闻、撒泡尿、汪汪叫，有时说说自己的名字，有时一声不吭。

这条狗有一次单独待在大篷车里时,恰巧心情特别好,就说了"格拉斯"这个单词,在英语中的意思是"草"。也许它每天都会说一次"格拉斯",也许每小时一次。也许它能说很多英语单词,也许它能流利地说四国语言,也许它还能用爪子或打字机写字,但是这一切它只在独处时才做。在别人面前,它就只说"皮特儿",只会摇尾巴、四处闻、撒泡尿、汪汪叫。

彼得是现存的唯一会说话的狗。这已经足够了。一条会说话的狗,终究是个稀罕物。

单峰驼和双峰驼

单峰驼只有一个驼峰，双峰驼有两个驼峰，或者恰好相反。反正它们之中有一头是一个驼峰，另一头是两个驼峰。没有哪头是没驼峰，或是有三个、四个或更多驼峰的。

一头双峰驼和一头单峰驼在沙漠中相遇。双峰驼问单峰驼：喂，你为什么只有一个驼峰啊？单峰驼回答：这样人们才好区分我们啊。只要数一数我们的驼峰就知道了——我是单峰驼，而你是双峰驼；或者恰好相反，我是双峰驼，你是单峰驼。

听草哥

　　印第安人的听觉很灵敏。他们只要把耳朵贴在铁轨上,就知道有没有火车从远方开过来。如果没有铁轨,他们就把耳朵贴在地上,这时听的当然就不是火车声啰,而是期待已久的骑手的到来,或是一群野牛。如果谁都没来,他们肯定什么声音也听不到。

　　从前有一个印第安人,名叫"听草哥"。他只要把耳朵贴在地上,就能听到野草生长的声音。他听到的不是沙沙声,不是唰唰声,不是爆裂声,而是全新的声音。这种声音听上去就像有人在轻轻地挠他的耳朵,但是又不完全像。每次听到这种挠痒的声音时,听草哥都会笑着站起来,对同伴们说:我听到野草在生长!但他往往得不到回应,因为印第安人都不太爱说话。

鹦 鹉

有只鹦鹉会说一种无人能听懂的语言。这种语言有自己特定的词汇，只有一个单词和我们的语言有点像，那就是"鹦鹉"。

对这只鸟的看法可以说是五花八门。有人认为，它是在模仿某个地方的人曾说过的话，我们只是不知道何时何地何人罢了；还有人认为，这是一种已经失传的语言；其他人则认定，鹦鹉之所以喋喋不休，只是为了动动嘴巴、吊吊嗓子，没别的意思。

一位曾经在热带地区住过的女士，听说了这只会说话的鸟，特意赶来买下它，然后就和它生活在一起。过了很长时间，她才开始明白鹦鹉说的一些话。过了五年，她能听懂大部分；过了十年，她基本上就都能听懂了。

比如，"佛塔不拉幕"的意思是"祝你胃口好"。不过，它说这话的时候得摇摇头，如果不摇头就不代表任何意思。如果摇晃全身的同时还跺脚，那这话的意思就变成了"怎么又是白菜炒肉"。

"可恶篱笆"加上咂嘴是"风吹翅膀"的意思。说"可恶吐司哥"时如果不咂嘴，就表示"风吹乱了翅膀上的羽毛"。

有一些很复杂的句子，表达的意思却十分简单。"多布士，巴拿木斯尼，多布士，巴拿巴红得，安拿"就是一句问候语，那位女士把它翻译成"你好"。鹦鹉不想用盆子吃东西，而是想用有花边的盘子，因为盆子让它恶心，而且它上周才用过那个盘子，这时它就会简单地说"伊包"。

鹦鹉还能区分我的和你的。比如发音是"卡里干，古努"，意思是"我的脚趾"。而"卡里干，拿巴"的意思是"你的脚趾"或者"我感觉不到的脚趾"。

鹦鹉的语汇里甚至还有谚语。经常出现的是"哈巴哈卡马卡"，意思是"东西未入口，不算真正有"。这句话必须从喉咙深处说出来。如果从喉咙的前半部发音，同时展开尾羽，那就是另外一个谚语了："耳听为虚，眼见为实。"

除了一个单词以外，女士几乎能够听懂鹦鹉说的每句话。她搞不明白的单词就是"鹦鹉"。"鹦鹉"的意思不是鹦鹉，这个可以肯定；因为真正的"鹦鹉"是"拿宝古努"，字面意思是"和我一样的家伙"。

女士继续研究。年纪越大，她越是感到急迫，越是困惑："鹦鹉"到底是什么意思呢？难道鹦鹉只是它随便说说的一个单词？难道"鹦鹉"本来就没有意思？也许它有自己的意思，但是没啥意义，就和"啦啦啦"差不多？

为了安慰这位女士，或者为了戏弄她，或者由于什么特殊的原因，鹦鹉也开始关注这个问题了。后来，它每次回答这个问题的时候都会抬高眉头，友好地说一句：是的。

动物的名字是怎么来的

"鳄鱼"一词来自埃及语,意思是:嚯,还好,躲过一劫!

狗过去叫"手",因为它有和手指一样多的腿,大约有四五条,这要看狗尾巴和大拇指是不是算进去了。

叫驴之所以被称为"叫驴",是因为它会叫。

鹿本来不叫"鹿",而是叫别的名字。那个名字特别长,又拗口,没人记得住。假如当时有人能记住,它可能真的就叫那个名字了。现在人们叫它"鹿",就是因为叫起来简单。"鹿"虽然简单,但其实是错误的叫法。

牛之所以叫"牛",是因为它长的就是这个样子。

猫之所以叫"猫",是因为它长得像也叫这个名字的另一种动物。

一只名叫"猫"的猫,其实更愿被叫作"鼠"。但是已经有种动物叫"鼠"了,而且早就这样叫了。为了不被弄混,猫只好保留了现在这个名字。

刺鱼和鲱鱼的名字来自《捕鱼指南》。

两个男孩在森林里发现了一只毛茸茸的鸟,他们还从来没见过。看,看!一个男孩指着那只鸟对另一个男孩说。

方言里的"看",发音很像"顾",从此以后,这种鸟就叫"顾顾"或"布谷"了。

鹦鹉的名字来自印第安语,意思是:让我把话说完。

乌鸫是唯一一种没有名字的动物。在古语中,"乌鸫"就是"勿懂"。

有些动物如今只留下了骨头、毛发或外壳,以及名字。比如:恐龙、猛犸、菊石。名字的寿命通常都很长。

还不存在的动物,也可以有名字。比如:可以在鞋盒里养的"蹄牛"(很像水牛),或者又圆又扁像蛋卷一样的"蛋卷虫",或者没人见过的胆小的动物。据说后者夜里才接近人类居住的房子,发出的声音很像人在干咳。

谜语和魔术

女孩与幸运

一个女孩出门去寻找幸福,却步步走错。她离开村子以后,没有选择右边的路,而是走上了左边的路;她没有爬上高山,而是走进峡谷;遇见篱笆,她没有从底下钻过去,而是从上面跳过去;她没去喂鸡,顺便拔一根羽毛带走,而是抚摩了一头母猪;她没有顺着河岸走,而是蹚过了河;她没有边走边说"幸运,幸运,请你降临",而是边走边唱自己还没记熟的歌。

到了一座采石场,前面突然没路了。路的尽头,摆放着一辆绿色的女式自行车。女孩骑上自行车,转身踏上了回家的路。

假如她一开始就选对了路;假如她不是向左而是向右;假如她不是走

进峡谷，而是爬上高山；假如她不是跳过篱笆，而是从底下钻过去；假如她不是抚摸母猪，而是去喂鸡，顺便拔一根羽毛带走；假如她不是唱不熟悉的歌，而是高声喊"幸运，幸运，请你降临"，结果又会怎样呢？

某时某刻，幸运会从天而降：这时或那时，这里或那里。冬天，幸运会被埋在雪地里。但幸运的是，我们知道它埋在哪里。我们可以在地图上圈出那个熟悉的地方，在年历上记下时间。这样也许有用，也许完全没用。

蛋 糕

在一栋房子里，有一个没有窗户的房间。房门锁着，没有钥匙。房间里有一张圆桌，四周有一些椅子，圆桌上有一个蛋糕。每天中午十二点时，蛋糕就开始长大，向上长，也向旁边长。到了一点钟，它就长得和圆桌一样大了。这时候，附近的居民就会聚集到房间周围，或坐或站，或靠墙而立。他们享受着诱人的香味和舒适的温暖，沉默不语。然后，蛋糕渐渐变回原来的样子，也不再散发香味。人们开始说话，继续忙手头的事。第二天，他们又准时聚在一起。没人知道香味和温暖从何而来，因为没人进过那个房间。

但我们知道香味和温暖是从哪里来的，因为在《蛋糕》这个故事里提到了。我们不知道蛋糕到底有多香，也许有人知道。这个故事有蛋糕的香味吗？它只是散发着油墨的香味。

有个男人只卖好闻的书的故事，还没人讲过。这只是尚未讲

101 当世界年纪还小的时候

过的许多故事之一。其实还有很多故事应该以新的面貌出现：

对兔子道晚安的狐狸的故事。

火猪的故事。

想成为歌星的哑女孩的故事。

一声不吭的男孩的故事。

最茂密的森林的故事。

冰雪天使的故事。

被雨淋湿的皮箱的故事。

敞开的门上的锁孔的故事。

一扇门的故事。门上写着：请进，然后马上出去。

第一个人的故事。他在第三个人走近时，对第二个人说：我真是受够了这个愚蠢的故事。

第二个人的故事。他在第三个人失望地走开时，对第一个人说：这个故事虽然很蠢，但很真实。

一个真实的故事。

一个真实而美丽的故事。

一个无聊的故事。

刚开始很紧凑后来却讲不下去的故事。

科西莫·贝莱塔的故事。

打断人家肋骨的芭芭拉或芭尔芭的故事。

黑莓、红莓和蓝莓的故事。

一辆摩托车的故事，它不想当摩托车了，想当草地。

草地的故事。

一个男孩的故事。他不想当男孩，想当女孩。

一部电话的故事。它老把1和7、6和9、5和3弄混，但十分可靠。

  石头衬衫的故事。

  一条裤子的故事。

  其他衣物的故事。

  一把叉子的故事。它对餐刀说：亲爱的刀子……（由于餐盘碰撞得叮当作响，听不清后面的话。）

  一个男孩的故事。他突然在某一天夜里……

  馅饼里的兔子的故事。

  一个男孩的故事。一天晚上，他突然听到床上有人在打喷嚏。

  名叫"九月"的女孩的故事。

  一只狡猾的狐狸的故事。它与邪恶的狼、强壮的熊、害羞的鹿、呆笨的鹅、高贵的马、捣乱的驴、忠诚的狗、沉默的鱼、虚伪的蛇、听话的奶牛、野蛮的公牛、胆小的兔子、虚荣的孔雀、骄傲的老鹰、固执的山羊、勤劳的蚂蚁、多嘴的麻雀、机灵的黄鼠狼、爱偷东西的喜鹊一同前往加拿大或者更远的地方旅行。

树　墩

　　我已经在森林里走了很久很久，又累又饿，就找了个树墩坐下来。到下午茶时间了，我说。我喜欢自言自语，这样才不会孤单。我正想把面包从行囊里取出来，屁股下面的树墩却突然消失了，我跌倒在潮湿的树叶上。

　　我从地上爬起来，只见一位王子站在我面前。他一头金发，穿着深红色的紧身衣、深红色的裤子和带有银扣的深红色的鞋，正在掩面哭泣。他呜咽着说：谢谢你救了我。

　　我还在为刚才的跌倒而懊恼。我不是有意的，我说。

　　王子却不受干扰地继续说着，就像一匹很久没有张嘴嘶叫过的老马：我已经等了一百多年，就等有人坐在我身上，说出"下午茶"这三个字。你这样做了，使我得到了解脱！他开始讲自己的故事，又长又臭，我根本记不住。我只记得故事里有船只、马匹和小矮人，还记得王子被咒语变成树墩时，正是下午茶时间。

　　我该怎么对待这个王子呢？我不能和他结婚，因为我不是公主。他也许可以登台表演，或者参加花车巡游，但我没有义务给他提这样的建议。当王子说他要离开这里去帮助别人的时候，我如释重负。他想去帮谁，为什么要帮，怎样帮，我都已忘记。反正他拥抱了我一下，就快步离开了。

我坐在潮湿的树叶上，开始吃面包。连树墩都不可靠了，我自言自语，如果所有的树墩都是王子变的，那我该坐哪儿呢？这时，我的耳边突然传来一个声音：是你在叫我吗？我定睛一看，一个小矮人站在我的身边。不是，我在吃面包，请别打扰我，我说。

可是，刚才你确实叫了我的名字。我叫树墩客，小矮人说。

树墩客？我从来没说过这个词。树墩或者树桩我倒是说过，可是绝对没说过树墩客。为什么要说呢？

我的听力确实不如从前了，小矮人承认。

他就站在我身边，矮矮的，小小的。我突然有点替他难过。

可能是我含着面包，口齿不清，才引起了误会，我补充道。

我给他讲了树墩给我带来的麻烦，他听得十分认真。

等我说完之后，他说：以前这里更糟，几乎没有一个树墩是真的树墩。没有哪个国家养得起这么多被施了魔法的王子和公主，所以他们遍布森林。那时候，一位王子可能瞬间就变成一朵蘑菇或一道闪电，一位公主变成一棵柏树，一匹马变成一个火炉，等等。有时，枞树也可能变成榉树，农夫变成农妇，一颗核桃变成另一颗核桃。

真可怕！我说。

是的，小矮人继续说，人们都活得挺糊涂的，连自己的孩子都不一定是人，而是一头牛。在那个年代，很多人甚至会怀疑自己：我真的是人吗？人们随口说的一句话，都有可能解除一个咒

106

语，或是成为一个新的咒语。许多东西和人随时变来变去，弄得人晕晕乎乎的。

既然你经历了这一切，那应该很老了吧？我问。

是的，我已经一万多岁了。小矮人答。

我问他是否一直是个小矮人，他笑了，说道：其实，我不是真正的小矮人，而是树墩。这也是我叫"树墩客"的原因。今天就是我解除魔咒、变回树墩的日子。

为什么是今天呢？我问。

因为只有等一个树墩变回人之后，我才能变回树墩。而大部分树墩是不愿意的。幸运的是，刚才恰好发生了这种事。

为了这个时刻，小矮人已经等了一万多年，现在却等不及了。他让我挪开一点，好让他在原来的树墩那儿变回原形。他还让我坐在他身上。我坐下来，马上就感觉到屁股下面已经是一个树墩了。啊——他舒舒服服地叹了一口气。

现在你是树墩，不该再说话了，我说。

好的，那我不说话了，你放心，树墩说。

从此以后，他再也没有说过一个字。

魔法师和女厨师

苏珊被魔法师变成了一只茶杯,一只带有青花图案的茶杯。

为什么偏偏是茶杯呢?变成一只猫或者一只松鸡不是更有活力吗?——当然。但事情得从头说起:魔法师以前确实可以变出很多东西,女孩啊、花儿啊、自行车啊,但他现在只能变出锅碗瓢盆等,因为他后来只研究餐具方面的魔法。但他很少变出名副其实的刀叉。他变出的叉子没有叉尖,却有手指;他变出的刀子竟然在刀把上长着头发。

可以想象,在魔法师的家里,收藏得最多的就是餐具。可他要这些东西有什么用呢?他没有妻子,也没有孩子,虽然有亲戚,但都住在遥远的乌拉圭。他想,要是有一个女厨师,肯定知道怎么对付这些盘盘碗碗。于是,他雇用了一个女厨师。

女厨师一走进厨房,就觉得怪怪的,好像四面八方都有眼睛似的。她赶紧走出厨房去化妆,先梳梳头,再抹抹口红,然后涂涂睫毛,这样就感觉好多了。由于她既聪明又老练,所以很快就

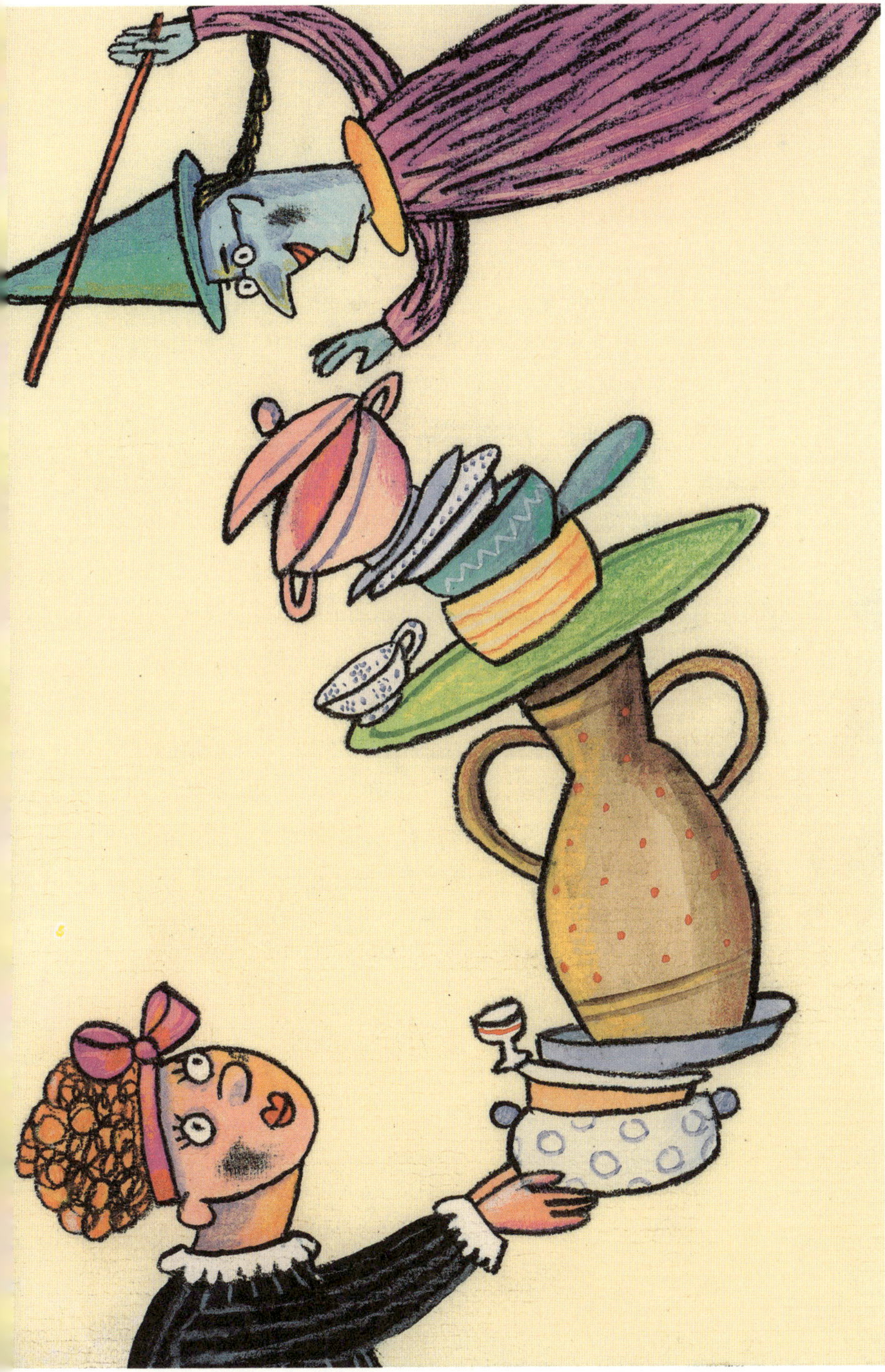

发现了这些餐具的秘密,也知道自己是在为一个什么样的男人工作。她决定让这里恢复正常。

第二天,她偷偷看到,魔法师把一个叫汤姆的年轻人变成了一只汤锅。当魔法师把这件新产品放到灶台上时,她立马叫道:天哪!怎么又是汤锅?!

魔法师吃惊地问:你不需要汤锅吗?

我缺的是茶壶,女厨师答。

魔法师只好拿着汤锅回到自己的作坊。女厨师悄悄地跟了过去,只听魔法师小声念道:锅汤。她连忙轻轻地跟着他念。她从锁孔里看见,汤锅已变成碎片,那个叫汤姆的年轻人就坐在碎片中间。她明白了,只要把物品的名字倒过来念,魔法就可解除。

女厨师兴奋地跑回厨房,想试试刚刚学到的魔法。她把那只带有青花图案的茶杯放在桌子上,说道:杯茶。苏珊应声出现在她面前,黑色的鬈发中还残留着一些白色的碎瓷片。

女厨师满怀信心。见魔法师拿着一把青花茶壶迎面走来,她老远就喊道:壶茶!就这样,汤姆第二次被解除了魔法。汤姆跪在苏珊面前,苏珊轻轻抚摩着他的头。魔法师则把一只手放到了女厨师的肩膀上。

什么?他生气了吗?

没有,他爱上了她。

他后悔干过这些蠢事吗?

但愿吧。

女厨师在他耳边轻声说：你最好学点正当的手艺，亲爱的。除了这个，你还会别的吗？

苏珊与汤姆、女厨师与魔法师一起举行了婚礼。他们邀请了很多客人，包括被解除了魔法的餐具们。

这么多人用什么吃吃喝喝呢？

没有人知道。

紧闭的山门

据说,在泰斯塔尔有一座山,山脚有一扇铁门。透过门缝往里看,能够看到一些亮晶晶的东西。铁门一直紧锁着,所以人们猜测山里肯定藏了许多宝物,比如一箱箱白银、黄金和宝石。

这座山和这扇门早已不是什么秘密。从世界各地慕名而来的强壮男女络绎不绝,试图打开铁门。有的单枪匹马,有的两人结伴,有的三五成群。有的舞枪弄棒,有的赤手空拳。即便如此,铁门依然紧闭。有少数男女还记得童话里的那些咒语,就尝试了"芝麻开门"和其他咒语,都毫无用处。这跟说"黄豆开门"和"鼻涕开门"没什么两样。

很多人坚信自己发明的咒语会见奇效:

山啊,我的哥,

门啊,我的妹。

快快敞开你的胸怀!

这只是众多没起作用的咒语中的一句。

还有:
大门小门加门闩,
三个一起快打开。
我已来,我已在,
埃加·施密我等待。

听到精彩的咒语时,铁门会抖一下,仿佛一阵大风吹过。可铁门只是颤抖而已,仍然没有打开。

有条咒语很长,要花一整夜的时间才能说完。开头是这样的:
山啊,门啊,
你们紧闭不肯开,
就像愤怒者紧握的拳,
就像倔强者紧闭的嘴,
就像受冻者紧裹的外套,
就像贪婪者紧捏的钱袋,
就像关犯人的监牢,
就像星期天的商店(德国商店星期天不开门——译注),
就像寒冬的海滨浴场,
就像结了疤的伤口,
就像高压锅的盖子,
就像结了冰的池塘……

也有人希望,某种动物或某位老人能告知打开山门的秘密。于是,他们把钓到的鱼放生,帮路遇的狮子拔掉脚上的刺。但是,这些动物没有留下一句话就走了,如果有谁说声谢谢,就算难得了。

乞丐和老妇人在这里颇受重视。有人送乞丐金币，帮老妇人背沉重的木柴，也是白费力气。这些人一问三不知，只会因得到帮助而露出开心的笑容。

一天晚上，有个女人在铁门前坐着。她尝试过许多种方法，早已筋疲力尽，此时越想越伤心，不禁哭了起来。突然，一个灰色的小矮人出现在她面前。你为什么哭啊？他问。

我想到山里去，女人说，却打不开山门。

灰色的小矮人很同情她，就教了她三则谜语。谜面分别是：我用什么梳灰头发？我用什么刷灰胡子？我用什么洗灰肚皮？谜底一：你从不梳头发；谜底二：你从不刷胡子；谜底三：用露水。

女人停止了哭泣。她反复背诵，牢记在心。她怕睡着了会忘记，所以不敢闭上眼睛。她苦苦等待，却一直没人来问这三个谜语，她只好孤单地傻等。

在一个冬夜，有个年轻人从山门前经过。他是个聋哑人，刚刚在森林里干完活，正迈着沉重的步伐昏昏沉沉地往家走。他突然看到一群人围坐在火堆旁，有点害怕，就倒退了几步，没想到一屁股撞在铁门上。刹那间，山门自动打开了。年轻人趔趄了一下，跌进山门里。门立马又关上了。

很多年过去了，那个年轻人再也没有露面，那扇铁门也一直紧闭着。

消失的年轻人是个聋哑人，如果我们也保持沉默，可能就想象得出他当时的心情。

哥哥、我以及林中的猫

放学以后,我和哥哥去森林里玩,看见一只猫坐在树墩上哭。我们决定变成一匹狼。变成狼要花不少时间,最终我们成功了。我变成了狼的牙齿,哥哥变成了狼的其他部位。

我们走近那只猫,问道:你怎么了?

猫答道:我迷路了,想回家。

走吧,我们带你回家,我和哥哥异口同声。

猫喵喵叫着说:不,我不相信你。你想把我带进森林,然后吃掉。

听它这么说,我们决定变成一只蜘蛛。我们试验了几次才成功。我变成了蜘蛛的八只脚,哥哥变成了蜘蛛的其他部位。

我们爬到猫面前,问道:你怎么了?

唉,刚才有一匹尖牙利齿的狼把我吓坏了!我迷路了,想回家,猫答道。

走吧,我们带你回家,我和哥哥说。

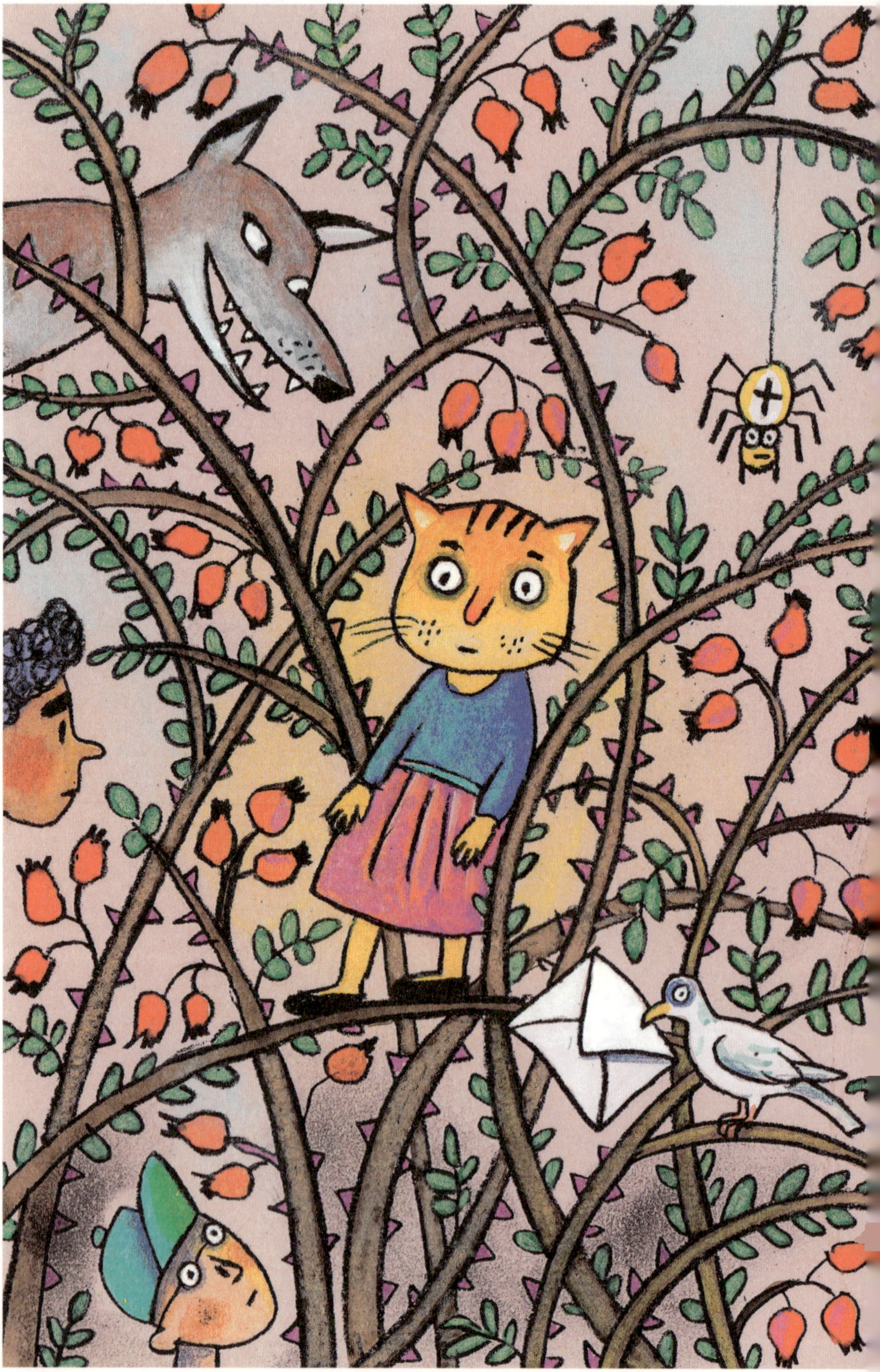

猫摇摇头：你想把我带进地洞里，然后我就彻底迷路了。

这下该怎么办呢？我们决定变成一只鸽子，嘴里叼着一封信。我们花了十几分钟才变成功。我变成了一封信，哥哥变成了鸽子。他飞到猫面前，把我扔了下去。猫打开信，读道：你怎么了？猫拿出一张纸，写道：一匹尖牙利齿的狼把我吓坏了，一只蜘蛛想把我骗进地洞里。我迷路了，想回家。它边写边哭，眼泪把纸都打湿了。

我和哥哥恼羞成怒，喊道：别哭了，瞎猫！猫立即变成了一个普通的女孩。我们也变回原形。她说：你们俩别再变来变去了，赶紧送我回家吧！

我们只好照办。在路上，我们渐渐习惯了女孩的存在。到她家门口时，她又开始喵喵叫了。哥哥变成了一张手帕，我挥舞着手帕向女孩道别。我们不约而同地说：今天就玩到这儿吧。现在是六点半，该吃晚饭了。我们还没做家庭作业呢！

另一种活法

寻找帮助

    一个小女孩走遍千山万水,想寻找帮助,因为她孤单而弱小。她在哪儿才能得到帮助,而不必去偷呢?

    假如她知道帮助藏在哪儿,也许真的会去偷呢。

    小女孩来到森林里,遇到一匹野狼。她说:亲爱的狼啊,我需要帮助。

    为什么需要帮助呢,小姑娘?野狼问。

    人们常常需要帮助,比如迷路的时候,女孩答道。

    哦,这样啊,野狼说,那你想去哪儿找呢?

    哪儿都去,女孩说。

    野狼清了清嗓子:哪儿都去的话,虽然能够找到,也不会错过,但是你只有两条腿呀,还是挺不容易的。

小女孩问：那我该怎么办呢？

跟我来，野狼说，我虽然没有帮助，但我觉得强壮的公牛应该有。

于是，他们俩一起去草原上找公牛。

野狼说：亲爱的公牛啊，这个小姑娘需要帮助，你有吗？

她要帮助有什么用啊？公牛问。

帮助肯定有用啊，比如迷路的时候，野狼回答。小女孩补充道：还有森林着火的时候。

你们说得有道理。可惜我没有帮助，但我可以陪你们去找。我觉得住在山上的那个高大的女人应该有，公牛说。

于是，他们仨一起去山上找那个女人。

亲爱的女士，公牛说，这个小姑娘在寻找帮助，你有吗？

她需要帮助，是因为太小吗？女人问。

是的，不过还有其他原因，公牛说，比如，迷路或森林着火的时候，帮助就很有用。

小女孩又补充了一句：还有山洪暴发的时候。

确实如此，人们需要帮助。女人说，可我这儿没有，一个都没有。

这时，山上突然下起了暴雨，电闪雷鸣，风雨交加。

小女孩说：亲爱的狼、公牛和女士，假如此刻闪电引发了森林大火，或者山洪把我们冲走了，该怎么办呢？

他们越想越害怕，在倾盆大雨中靠得越来越紧。

暴风雨终于过去了，太阳笑眯眯地探出头来。野狼抖掉身上的雨水，女人开始跳舞，小女孩脱下湿衣服，挂在公牛角上晾晒。在午后阳光的照耀下，他们都觉得很温暖。

分开之前，公牛问：我们什么时候再见呢？

野狼问：在哪儿见呢？

一个月以后，还在这座山上，女士提议。

小女孩说：也许一周以后，反正就是我们当中有谁需要帮助的时候。

慢 慢

有一个人，无论做什么都慢腾腾的。有多慢呢？比如让他去报亭取一份报纸，那他得从蹒跚学步起就开始摇摇晃晃地往报亭走，才能赶在75岁去世那年回到家里。他当然不会亲自去取报纸，只会让人送来——准确地说，是让邮递员送来。

他只是把手伸向报纸，就需要一整天。当他的手够到的时候，已经是第二天的报纸了。他还没有读完第一行，第三天的报纸就送来了。所以他从不伸手拿报纸，也不看一个字。其实，他根本就不会看报，因为他不认识字。

如果要学会认字，那他得活几千年才行。也许根本就没人给他送报纸，即使送了，也不是给他看的。

难道他和别人一起住吗？是的，他和爸爸、妈妈以及妹妹一起住。他的妹妹动作比他快。

还有一个问题：他会走路吗？他去报亭取报纸的事是凭空捏造的吗？他是什么时候学会走路的？

他连吃奶都慢条斯理的,直到八岁才第一次把肚子填饱。

即使是最简单的看和听,他也需要漫长的时间。他五点钟开始看手表,直到九点或九点半才看清。不过没关系,因为他根本看不懂表盘上的数字。而且,他没有手表。

他的听觉也慢得出奇。妈妈要是想跟他说早安,得在前一天晚上就说出来,第二天早上他醒来时才能听到。

谁愿意和这样的人生活在一起呢?反正我不愿意。彼此根本无法沟通。

当他想给我一个告别吻时,我已旅行归来。

不管怎样,我还是给他准备了一个重逢吻,这样,他的告别吻和我的重逢吻刚好不期而遇。等他感觉到我的重逢吻时,正好是我的下一次告别。

柜子上的女孩

  今天我要讲的这个故事，发生在八十年前，意大利北部一个叫作皮亚琴察的地方。一名律师的小女儿在家里玩捉迷藏时，爬上了一个大柜子。她被发现以后，轮到她去找别人时，她却说：你们玩吧，别管我，我要待在柜子上。然后，她就一直待在那里，看着小朋友们玩。
  吃晚饭的时候，女孩没有来。她说：你们吃吧，别管我，我要待在柜子上。
  小保姆玛利亚很是生气，却没有办法。到了睡觉时间，女孩仍不肯下来。眼看夜深了，玛利亚只好递给她一个枕头、一杯牛奶和一块黄油三明治。
  从那天起，女孩就住在柜子上了。上面有足够的空间供她活动，因为屋顶很高，她即使站起来也碰不到天花板。她在柜子上能够看到家里发生的一切。父母、哥哥、姐姐和玛利亚在下面走来走去，她都可以看到。有时她会看看书，或者躺在柜子上，望着天花板哼歌。

爸爸、妈妈、玛利亚、哥哥、姐姐使出浑身解数,想让她从柜子上下来。他们说尽好话讨好她,拿好吃的糖果和好玩的玩具诱惑她,或者大声谈论看马戏的经历,或者热烈讨论池塘里的鱼怎样了。女孩会凝神聆听,偶尔笑笑,但坚决不从柜子上下来。

第二天他们就请来一位牧师,同样束手无策。之后,牧师还来过几次,照样无功而返。他们还从米兰请来一位心理医生,让他跟女孩谈谈。女孩有问必答。但是,医生不提问的时候,女孩就一言不发。

他们强行把她从柜子上抱下来过几次,让她坐在椅子上或床上。可女孩随后就不吃不喝,睁眼到天明。她越来越瘦,越来越忧郁。家人担心她会死去,几天后就放任自流了。吃饭的时候,她的餐椅继续虚位以待。

就这样,女孩在柜子上生活了很多年。玛利亚早已习以为常。她每天都给女孩送去满满一餐盘食物,然后将空盘子拿走。便盆则刚好相反。爸爸、妈妈、哥哥、姐姐也都见惯不惊,不再打扰她了。他们向记者介绍女孩的生活情况,还收集相关报道。随着时间的推移,这些报道也越来越少、越来越短了。

大约在第五年底或第六年初,发生了一件意料不到的事。一个男子被请到家里来调试钢琴,女孩在柜子上默默地看他工作,听他弹琴。他全神贯注,并未发觉。听到女孩开心的笑声,他才抬头看了一眼:你在上面干什么呀?快下来吧!

女孩就这样从柜子上下来了。她拉过一把椅子,坐在调音师身边,直到他完工。之后,女孩走进厨房,拿回来一块蛋糕。

126

从那天起,她又和其他孩子一样按部就班地生活了,再也没有爬上柜子。

(话说,调音师在这一天认识了玛利亚,他们俩似乎是一见钟情。反正两年后他们结了婚。)

还有一个故事叫《柜子里的男孩》:一个男孩安静地坐在柜子里,聆听外面的各种声音,感受时光的流逝。在郁郁寡欢之前,他把柜门撞开,及时跳了出来,仿佛从黑暗的坟墓里逃回光明的世界。

小巨人

巨人家一共有四个孩子，其中三个长得和巨人一样高，只有一个名叫尤普的孩子很矮小，跟你我差不多。

尤普很喜欢和姐姐一起玩，常常在她身上爬来爬去。但他得特别小心，别被缠绕在姐姐纷乱的长发里，无法脱身。有一次他就掉进去了，只好大喊救命。结果还是姐姐用一把钉耙那么大的梳子，把他从浓密的乱发丛中解救出来的。

巨人们相亲相爱地生活在一起，比我们还亲呢。他们勾肩搭背，相互亲吻，有时甚至会相互舔脸。尤普很害怕别人的舌头。他亲别人的时候，听起来就像在吐李子核。

不管站立还是走路，巨人们喜欢三三两两地抱在一起。可尤普从小就喜欢单独行动。其他巨人惊讶地看着他跑开，无可奈何地摇摇头。他们一摇头，大脑袋就会撞在一起。

巨人也穿大衣，大得可以容纳好几个人。一个巨人把右手伸进右衣袖，另一个巨人把左手伸进左衣袖，两人之间还可以容纳第三个甚至第四个巨人。这样一来,他们肩并肩摇晃着走过牧场时,横竖就一样宽了。到了冬天,四个巨人嘴里呼出的热气,远远看去就像火车头冒出的烟。

吃饭的时候,巨人们会在中间放一只大碗,大家坐在四周,都可以伸手抓东西吃。他们不仅抓给自己吃,还会往别人嘴里塞土豆,或者把别人嘴里的好东西掏出来,放进自己的嘴里。

巨人们说起话来不仅慢条斯理,而且惜字如金。他们的语言和我们很相似,只不过有些单词听起来有些含混不清。他们把"土豆"说成"肚兜",把"雅格布"说成"牙布"。他们说的话通常很简单。比如,母亲说:今天是星期一。其他人就会重复:星期一。一只手抓着哥哥胡须的妹妹说:今天有太阳。其他人就点头附和:有太阳。他们总是重复别人的话,即便吵架时也这样。一个人骂另一个人"撒探",意思是傻蛋,被骂者也会说"撒探"。真不知道他是在回骂,还是在重复人家的话。

尤普说话却又快又多。他把很多单词放在一起,一口气就说完了,巨人们根本听不懂,他们只能理解可以重复的话。也就是说,大多数巨人都有点笨,只有尤普比较聪明。他还会拉大提琴,而且拉得很好。这把琴是他用家人的一只木屐制作的。他聪明伶俐,常常逗哥哥姐姐玩。有一次,他竟然在哥哥的洗澡水里游泳,气得哥哥直骂他"撒探",其他人也随声附和。尤普从洗澡水里爬上来,直接拿过他的大提琴开始演奏,家里人听得目瞪口呆。

等回过神来,他们都惊奇地说:鼓十下掌!如果是我们,就会说"鼓千下掌"。因为巨人数数时要借助手指,他们和我们一样,只有十根手指,所以只能数到十。但是,尤普能数到二十,

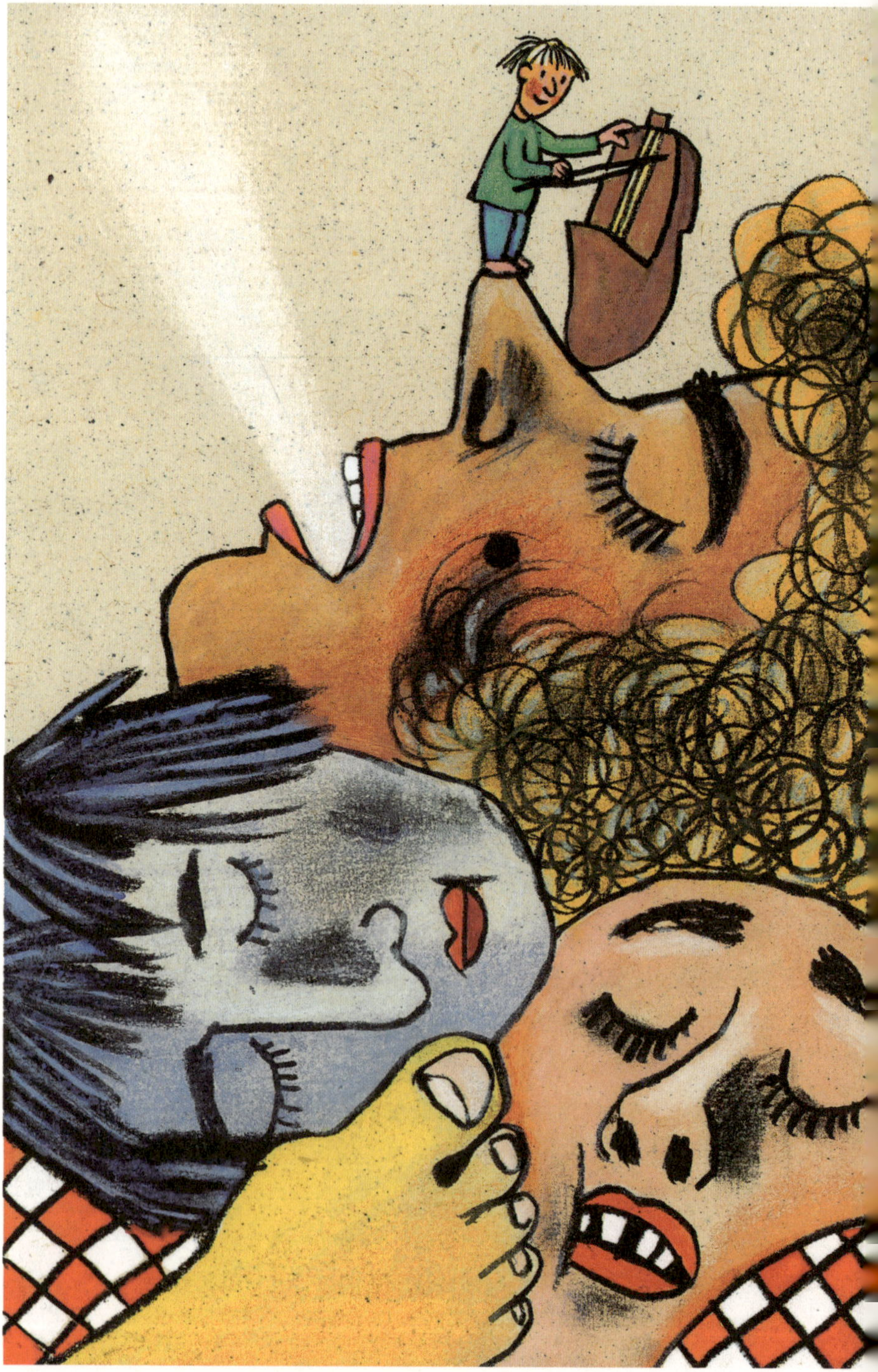

因为他会把脚趾加进来一起数。

　　尤普见哥哥大张着嘴巴,就把琴和琴弓放在一边,拿起一个南瓜塞进哥哥的嘴里。南瓜卡在哥哥嘴里,他没法再讲话了。他拼命地摇晃着自己的脑袋,双手在空中乱抓,好像要把什么东西捏碎似的。尤普觉得哥哥很可怜,就又拿起大提琴开始演奏。这次比刚才还要精彩,哥哥又吃惊地张大了嘴,结果南瓜就自己从嘴里掉了出来。

　　晚上,巨人们就挤在一起睡觉。只有尤普有自己的床。床很小,跟我们的差不多大,是他用箱子自制的。

　　有时,尤普会在巨人们睡着以后拉琴。他们即使在睡梦中也会很惊讶,会张开大嘴打呼噜。尤普一停止演奏,他们的嘴巴就会闭上。他们闭嘴时会发生各种状况:一个巨人不小心咬到另一个巨人的大腿,被咬的巨人反击时,不小心碰到了第三个巨人。于是,他们在黑暗中乱成一团,连自己的腿是哪两条都分不清了。他们常常骂骂咧咧地掐自己的腿,一会儿就又睡着了。

　　尤普十七岁那年变得有些忧郁。他听到风轻抚草原的声响,看到鸟儿在天空飞翔,河水在阳光下闪闪发光。有一天,他对其他巨人说:你们保重,我要去周游世界了。

　　巨人们惊呆了:周游世界?世界在哪儿啊?

　　尤普拥抱了父母和哥哥姐姐们,带上那把大提琴就出发了。快去快回哟,巨人们说。他们的眼睛、头发和胡子都沾满了泪水,所以根本没看见尤普是朝哪个方向走的。于是,他们朝四面八方挥手,大声喊道:快去快回!快去快回!

　　尤普走了三天三夜,晚上就睡在森林里。第四天,他发现了一条路,就顺着它往前走。傍晚时分,他来到了一个人类居住的村庄，惊奇地发现房子都很小巧，布置得也很精巧。住在这里的肯定都是小矮人，他想。

有一扇窗户是敞开的，大提琴的演奏声从屋里传出来，深沉而流畅，就像是他在拉琴一样。尤普把头伸进窗户，喊道：鼓二十下掌！美妙极了！

鼓二十下掌？坐在大提琴后面的年轻女孩问道。

尤普只能看到她的脸，但这已经足够了。他还从未见过如此漂亮的女人，简直惊为天人！女孩说：进来吧！他重复了"进来吧"，然后就从窗户爬了进去。他不知道房子是有门的，也不知道门有什么用。

就这样，尤普认识了那个女孩。她是和他、和你我差不多的生物。她说话很快、很多，也很聪明；会拉大提琴；吃饭时会使用一些小工具；可以数到一百万甚至更多。

那个女孩叫罗莎丽娅。尤普和她一起拉了几个星期的大提琴。中间休息时，他们就相互亲吻，听起来就像是两个人在吐李子核。

尤普改名为雅格布，和罗莎丽娅住在了一起。他学会了继续数数，知道了什么是门，和别人一样说"傻蛋"。只有在特别开心、特别悲伤、特别愤怒或特别疲惫的时候，他才会说巨人的语言。

一年以后，他娶了罗莎丽娅。他们生了四个孩子，其中三个都是正常的人类孩子，只有第四个是巨人。这个孩子吃得很多，长得很快。他显得有点傻，每次雅格布和罗莎丽娅拉琴时，他都会张大嘴巴。人类的房子对他来说实在是太小了，他就住到了粮仓里。他走过牧场时，大地被震得山响。他抓住树干时，尚未成熟的苹果就哗啦哗啦地掉到地上。

　　小巨人被牧场的栅栏绊倒，牛羊都跑丢了。雅格布对罗莎丽娅说，这样下去不是个办法。

　　过来，我告诉你怎么去巨人那儿，雅格布对小巨人说。去巨人那儿，小巨人重复道。他笑了，这是他第一次笑，笑得很大声，把林中的鸟儿都吓得纷纷飞走了。

一千件蠢事

　　卢齐转到我们班来，是在一年的中间，好像是夏天，因为我还记得他长满体毛的胳膊裸露在外面。他的皮肤很黑，一开始时我们还以为他是外籍劳工的孩子。但他既不是来自南方，也不是来自境外，而是来自下面。他来自地狱，身上总是散发着一股焦味。卢齐是个年幼的魔鬼，但要看第二眼或第三眼才能认出来，因为他头上的两个犄角还很小。

　　这是卢齐，我们的新同学，老师介绍道。卢齐扮了个鬼脸，就像身上隐藏着什么可笑的秘密。他径直走向牧师的女儿克拉拉，因为她旁边正好有一个空位。可老师却拉住他的胳膊，让他坐在满身兔骚味的布鲁诺旁边。老师说：卢齐来自遥远的地方，那是一个温暖的国度。他想成为大家的朋友。

　　是的，卢齐附和道。接下来，老师就开始讲课了，她每次讲第一堂课都会讲那些内容，最后才会落脚到算术上。由于耳熟能详，所以大家都没怎么听课，偶尔看她一眼就够了。只有卢齐一

直目不转睛地看着老师。

你怎么了，卢齐？老师问。

老师，您身上的味儿很好闻，卢齐答道。

老师的脸红了：你就不能专心听讲吗？

当然能，卢齐回答，否则我也闻不到您身上的香味。我有许多特殊的本事，比如打嗝，想打多少就打多少。

于是他开始展示，证明自己没有撒谎。他不停地打嗝，直到布鲁诺说：这个我也会。但布鲁诺的嗝听起来不那么自然。

这时，老师对全班喊道：安静！克拉拉左耳进右耳出，突然以同样大的声音喊道：我会吐东西，能吐十米远，比如吐樱桃核。老师摆了摆手。克拉拉视而不见，坚称自己说的是真的，可以证明给大家看。那就吐吧，卢齐喊道。

老师命令道：都把课本打开！她递给卢齐一本新书，只见他把课本打开后，立马又合上了。打开，卢齐，老师说。卢齐闻言照做。可老师的目光刚刚离开，他就又把书合上了。老师问：你在干什么呀？为什么老是把书合上呢？卢齐神情庄重地说：这是一种技巧，老师，我想多次服从您的命令。

我们一听，立马向他学习，都像疯了一样拼命地翻书。第一堂课就这样结束了。老师若有所思，一脸担心。

直到课间休息时我们才发现，卢齐走路有点跛。他的左脚没有穿鞋，可以看出那是一只蹄。

你是魔鬼吗？我问。

卢齐点了点头。

真的是魔鬼？布鲁诺问。

我不相信。如果他真的是魔鬼，就应该说拉丁语，克拉拉说。

那是以前的魔鬼,卢齐解释道,现在的魔鬼都说流利的德语。

我们仍然心存怀疑。

苏珊说:蹄谁都可以长,这并不能证明什么。我的祖父就是兔唇,我的婶婶有一只眼球是人造的。

卢齐说:我不用火柴就能把香烟点燃,你的祖父和婶婶能行吗?

那你表演给我们看,克拉拉命令道。

没有香烟可不行,卢齐说。他让我们给他弄一支来。我突然想起,老师的讲桌里有香烟。

课间休息结束后,全班脸色最苍白的达尼留在了走廊里。这是我们事先商量好的。老师看到他座位是空的,就问,达尼怎么了?他又有点不舒服,我说。老师走出教室去找达尼,我连忙从讲桌里取出一支烟。我把烟递给卢齐,他叼在嘴里,然后开始打响指。他又黑又脏的手指弹出的声音,真的很像打火机,但无济于事。香烟没有被点燃。烟太次,卢齐说。

这时,老师带着脸色苍白的达尼回到了教室。如果你还是觉得难受,就回家吧,她对达尼说。卢齐又打了个响指,还是只能发出打火机的响声。我在这儿没法集中精神,他说。

发生了什么事?老师问。

卢齐赶紧把香烟藏到自己的大耳朵后面。苏珊说:卢齐说自己是个魔鬼,我们不相信,他想证明给我们看。

动物课上可以讲一下魔鬼,这样我们就言之有据了,马克斯建议道。

老师没弄明白学生们在说啥,就问:谁说卢齐是魔鬼的?马上向他道歉。我们都没有说话。是谁骂你？老师问卢齐。没人骂他，克拉拉喊道，我们没有叫他魔鬼，因为他根本就不是。

卢齐突然哭了起来，哭得非常伤心。老师走到他身边，轻轻地抚摩着他毛茸茸的脖颈。苏珊和克拉拉也过去安慰他，但卢齐仍然没有停止哭泣。好了，好了，你说是魔鬼就是魔鬼吧，苏珊说。她的眼睛里也闪着泪花。

那我也是魔鬼，布鲁诺说。他得靠边站，好让几个女生靠近卢齐。这时的卢齐看上去就像一只小宠物。我真的是魔鬼，他委屈地说。老师附和道：是的，是的。她激动地对大家说：卢齐是我们的客人，我们要好好帮他，让他适应这里的生活。

下课铃响了，老师从讲桌里取出一支香烟。就在这时，奇迹出现了：卢齐跛着脚颠屁颠地走上前去，用左手打了个响指，因为他是左撇子。烟就这样被点着了！谢谢，老师说，她并没有意识到发生了什么事。卢齐吹了吹手指上的火苗，就像西部牛仔吹冒烟的左轮手枪一样。我们都惊呆了。我们中的一些人，特别是女生，真是兴奋极了。还有一些人，主要是男生，开始在课桌底下练习打响指。只要常练习，谁都行，布鲁诺说。

卢齐还会很多魔法。他要是把蹄竖起来，就可以像陀螺那样旋转，速度很快，快得我们根本看不清他的样子。他还可以用手去摸荨麻，而不觉得刺痛。学校里没有荨麻，他只能在回家的路上表演。他认为，只要念咒语，荨麻就不敢刺人了。我们也轮流进行试验，边念咒语边把手伸进荨麻丛中，但无济于事，我们的手还是被刺得又红又痛。也许是咒语没念对，卢齐说，你们试试"赖皮狗下地狱"吧。我们再次尝试，结果还是很惨。甚至连"老巫婆头巾"和"变色花老鼠"都没用。

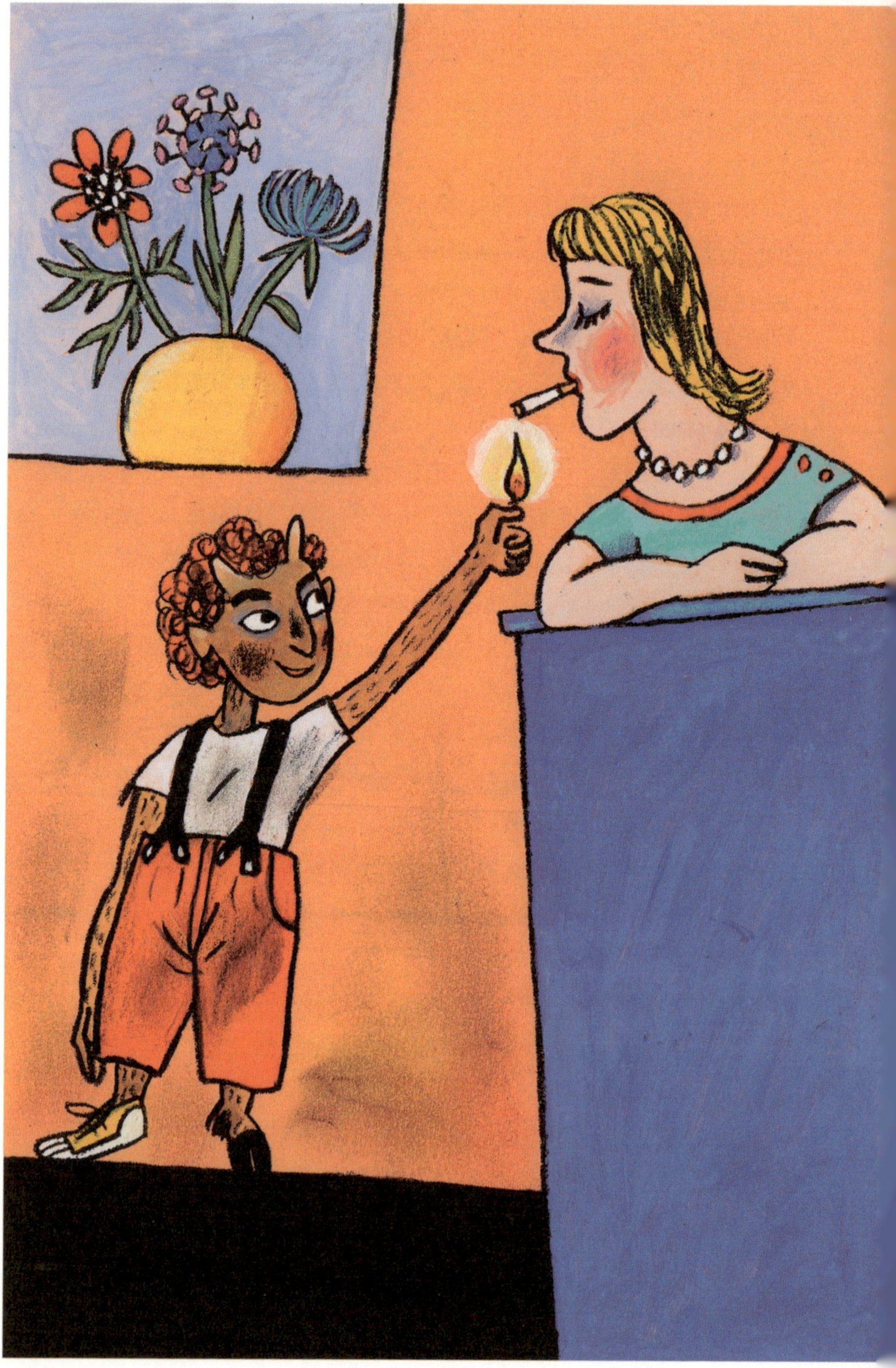

之后，卢齐又教我们用手指打火。但我们的手指已经受伤，不可能成功。只有克拉拉曾经打出一点小小的火花，或许因为她也是左撇子吧。

卢齐住在村外堆满杂物的一个仓库里。在放干草的阁楼上，他用干草和刨花筑了一个窝，得用梯子才能爬上去。在仓库的门上，他钉了两张猫皮当作门帘。我们猜测，卢齐应该是抓到什么就吃什么。

我们很喜欢和卢齐在一起玩。除了吃饭和睡觉不得不回家以外，布鲁诺、克拉拉、苏珊和我总是和他在一起。但他不跟我们一起做家庭作业，因为他从来不做。家庭作业？他有一次很好奇地问我们，边问边眨眼睛，就像眼睛进了沙子似的。他很乐意参与我们的一些游戏，但常常建议我们做点小小的改动。比如玩跳房子的游戏时，他就不让我们写"天堂"二字，因为他不想去那里，我们就改成了"地狱"。

卢齐非常向往地狱，却从未详细给我们介绍过。一天晚上，我们围坐在仓库前的篝火旁时，他向我们透露了他离开地狱到我们这儿来的目的。原来，我们村是他的实习基地。他得教唆我们去做蠢事和坏事，比如调皮捣蛋、恶作剧什么的。积累到一千件蠢事，他的实习生涯才算结束，才能返回地狱。我们每做一件蠢事，他就用钉子在他的蹄上划一道印痕作为记号。这是他的实习记录表。

苏珊迫不及待地问：现在有多少道划痕了？

二百五，卢齐回答。

那你还会在我们这儿待一段时间，我说。

现在我们很注意观察他什么时候会划印痕。有一次，我在课堂上点燃了一根鞋带，只见他立即从口袋里取出了钉子。尽管大家都知道，一根燃烧的鞋带还不能把人呛咳嗽，甚至散发不出什么臭味，却仍然是一件蠢事。当然，只是一件小蠢事。卢齐，收起你的钉子！我故意大声喊道，想让所有人都听到。卢齐果然把钉子收了起来。

放学回家的路上，布鲁诺问：等积累到一千件的时候，你会怎么走呢，卢齐？我的意思是，朝哪个方向走呢？

卢齐用手指了指脚下的街道说：我们有自己的方向，而且只有一个。就从这儿下去吗？布鲁诺问。卢齐回答：这儿，那儿，到处都可以。你是绝对不会走错路的。不管你在什么地方，在美国也好，在拉普兰也好，在土耳其也好，地狱永远在你的脚下。

遍地都是吗？布鲁诺惊恐地喊道。克拉拉说：你的头顶上也到处都是天堂啊！卢齐疑惑地望了望天空：是的，确实是，这一点我倒是从来没想过。

布鲁诺当天就开始在他家的花园里挖地洞了。他想证实一下，脚下是不是真的有地狱。既然处处都通向地狱，他说，那我就从最软的地方开挖。一个星期以后，洞已经挖得很深，他已经无法独自把洞里的土运出来了。我们站在洞口周围的土堆上，用绳子帮他把装满土的桶提上来。你能感觉到什么吗？我们过一会儿就问问他。有一次，布鲁诺终于回答道：是的，好像我的脚底热热的，而且闻起来也怪怪的。

我们也想体验一下。布鲁诺答应了，但条件是不许告诉卢齐。我们都发了誓，然后轮流下去。到了洞里，每个人都蹲下来，听听声音，闻闻气味。在昏暗的光线下，能看到少许泥土从洞壁上轻轻往下落，能感觉到泥土潮湿的气息和自己的呼吸。我

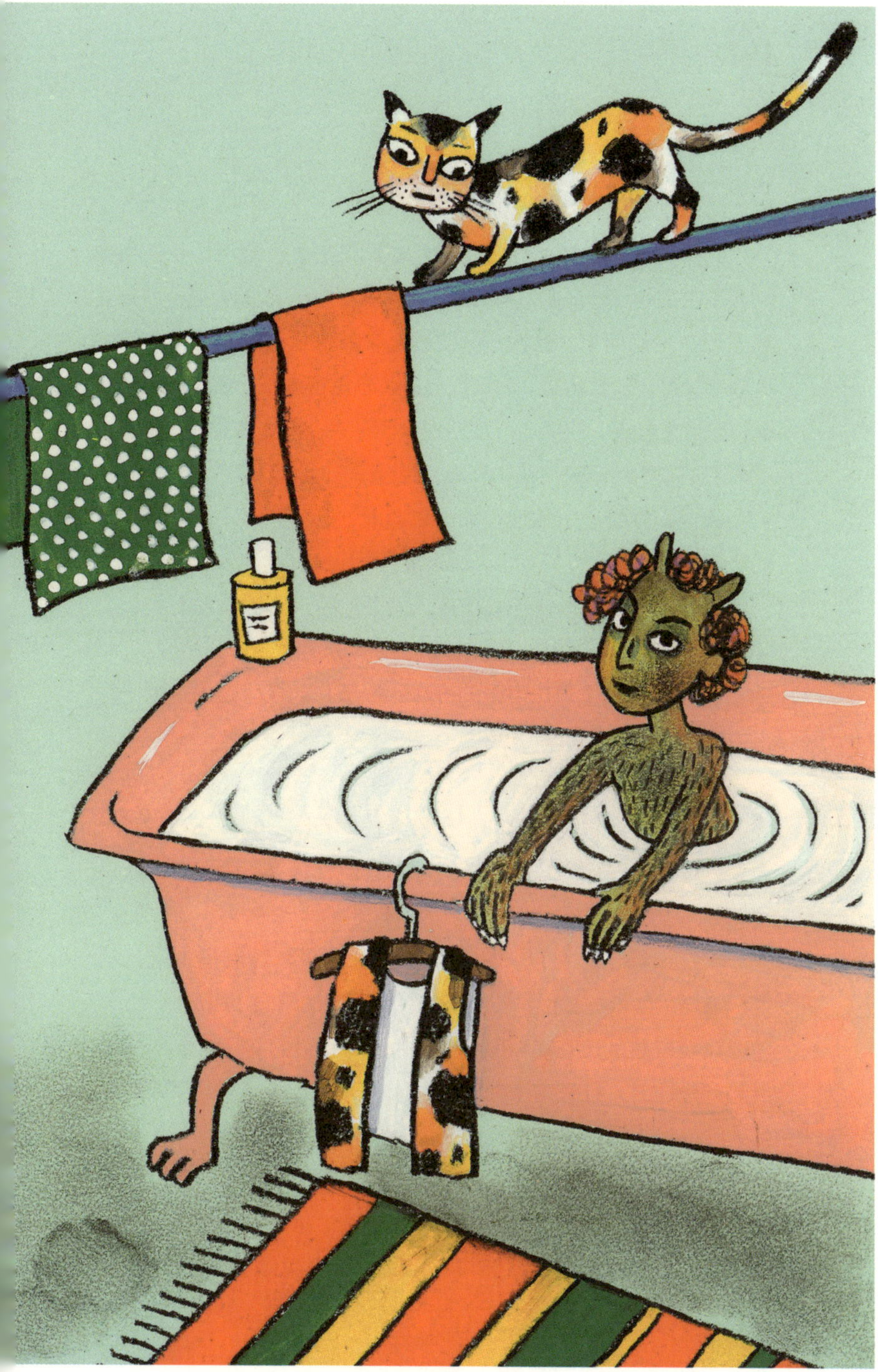

们觉得地狱离我们是那么近。

　　卢齐不知怎么还是知道了我们挖洞的事。肯定不是我们当中的人说出去的。等我们试验完毕，布鲁诺再次进入洞中时，卢齐突然出现在我们面前。他说：你们看起来就像是从地狱里出来的。他双手叉腰，望着洞里。方向没错，可是挖得太浅。去地狱的路很远，而且很难走。他指点一番后就坐了下来，把左脚放在右膝上，在蹄上划了四道印痕。现在一共有四百三十一道划痕了。

　　我说：你随心所欲地在蹄上划道道，这不公平。这毕竟是我们一起干的蠢事！

　　这是破坏花园，卢齐解释道，是四个人一起破坏花园。

　　最多只能算布鲁诺一个人，我们仨都是旁观者，苏珊说。

　　这时从洞里传来布鲁诺的声音：好了，现在可以把这桶土提上去了。

　　等一下！苏珊喊道。

　　你们不仅旁观，还协助了布鲁诺，卢齐说。他和苏珊吵了一通后，做了一些让步：布鲁诺的那道划痕先算上，你们三个可以"免费"干一件蠢事，今晚午夜之前有效。

　　真是太棒了，可以"免费"干一件蠢事！苏珊马上就行动了：她骂布鲁诺是蠢货，还用脚把泥土踢到他的头上和肩膀上。

　　克拉拉准备在吃晚饭时和爸爸吵一架。我打算等待，等到零点前十分钟时，打开窗子朝着外面大喊大叫。可我刚到家，就和弟弟闹得很不愉快，因为他偷了我的彩笔。所以还没等到午夜，我就拿小刀在他的房门上刻了"可恶的小偷"几个字。

　　同学们有时会邀请卢齐去自己家吃饭。每周三他都会来我家吃晚饭。每次他站在我家门口时，我妈妈都会说：先把鞋蹭干净，把帽子摘下来。卢齐顺从地遵嘱行事后，就向餐厅走去。妈妈总会把他抓回去：你这个样子可不能上桌吃饭。她把卢齐按进盛满热水的浴缸里。卢齐在水里蜷曲着，双手紧紧抓住浴缸的边缘，直到妈妈帮他洗完并擦干。妈妈每个月都要给他剪一次指甲。吃饭时，他吧嗒嘴的声音很大。爸爸总是向他打听地狱的情况。每次爸爸都会问地狱里的温度是多少，然后马上就会忘记已经问过了。

秋天来了。每年的这个时候，我们都要去花园采摘果实，每次都会把裤子弄破。今年我们得谨慎行事，因为卢齐的蹄上已经有八百多道印痕了。

天气变冷了。卢齐用猫皮给自己做了一床被子。像他这么小的魔鬼，还不适应寒冷的天气，可他却盖着一床猫皮被子，住在四面透风的仓库里！这肯定不行。我问母亲：能不能在我的房间里给卢齐加一张床？她表示反对：你一开始养小白鼠，后来养小豚鼠，现在竟然想养魔鬼！

这次和以前完全是两码事，我说。

妈妈反驳道：是啊，这次更麻烦，需要花更多的时间和精力来照顾！

到了十一月，我们还没给卢齐找到合适的住处，老师就把他带回了家。她把他安置在家中的一个小房间里，有床，有桌，有椅，还有书柜。床头挂着一幅画，上面是一个全身长毛的人，生活在沙漠中。

后来我们发现，卢齐不再是以前那个卢齐了，他变了。是从住到老师家开始的，克拉拉说。苏珊却认为：卢齐早就变了。有一次，他突然求我们帮他做家庭作业，你们还记得吗？当时克拉拉说了一句"你去找老师好了"，他还叹了一口气。

他真的叹了一口气？克拉拉问道。

是的，其实是叹气和抽泣，苏珊答道。

卢齐现在很用功。他的字变得好看多了；作业本稍微弄脏一点，他都会向老师道歉；每次回答问题之前都会先举手，说话时吐字清晰。他身上还散发着肥皂的香味。我们感到奇怪的是，即使他变得这么乖，他头上的两个犄角仍然在继续长大。

全班同学都变了，因为卢齐的蹄上已经有九百五十二道划痕了，我们得尽量不干蠢事。我们时刻担心会撞到人、碰碎花瓶或者弄破裤子，所以走路时小心翼翼的，连步子都变小了，胳膊都变僵了。真无聊啊！

既然不能干蠢事，那我们可以去做好事啊，克拉拉提议。于是，我们开始"玩新游戏"了。我们上街寻找老弱病残，帮他们提东西，扶他们过马路。但也不能为了做好事而发生争抢，否则就会出现和布鲁诺一样的状况：苏珊从他手中抢走了一个老太太的行李箱，他们俩就打了起来。于是，卢齐又在蹄上划了一道印痕。

老师说：现在你们只在我提问时才开口，我很不习惯。你们这样做让我觉得很别扭。

第二天，老师发烧了。她让卢齐告诉我们，停课一天。我们决定去看望她，告诉她事情的缘由。卢齐感到很惭愧，因为到目前为止，他都没给老师说过"一千件蠢事"的约定。

老师看到我们很高兴。由于人太多，床边挤不下，她就让我们坐到客厅里去。在客厅里，达尼不小心碰倒了一只花瓶，卢齐马上拿出钉子，在蹄上划了一道印痕。我们趁机以此为例，跟老师讲了卢齐的事。她听了很感动，还拥抱了卢齐。卢齐哭了。

其实卢齐很爱哭，有时是因为感受到爱，有时是因为想家。

后来我们知道了，如果是想家的话，他会哭着哭着突然停下来，提议大家一起去干坏事，比如用弹弓打鸟，或是去嘲笑匈牙利来的那个面包师，因为他的德语发音很奇怪。我们对这些坏事没啥兴趣，其实卢齐也没有。

地狱很漂亮吗？有一次苏珊问。

不，卢齐回答，那儿很丑陋。

那你为什么要回去呢？

卢齐不知该如何作答。他想了想，说道：因为那儿才是我的家。

现在有九百七十道划痕了，还有三十道卢齐就要跟大家告别了。对我们来说，多一天少一天都不那么重要了。一天早上，我们发现卢齐一副愁眉苦脸的样子，为了安慰他，我们决定每人送给他一件蠢事。

我偷了布鲁诺的钢笔，布鲁诺偷了我的。克拉拉带着哭腔骂了一句脏话。苏珊把书包从紧闭的窗户扔了出去，其他同学也纷纷效仿。所有的窗户玻璃都被砸破以后，老师叫道：快把你们的大衣都穿上，教室里太冷了！风把雪花吹上了讲桌。卢齐被冻得全身发抖，牙齿打战。他数了数蹄上的划痕：一共是九百九十九道。告别的时刻到了，老师说。她邀请所有的学生第二天去她家做客。第二天刚好是星期天。在她家，我们要认真干好最后一件蠢事。

没想到，在此期间发生了意外。放学后，克拉拉、苏珊、布鲁诺和我一起陪卢齐回村外的仓库。卢齐想把他的猫皮被子取出来，送给老师。当时风太大，我们打算在仓库里逗留片刻。克拉拉对卢齐说：你也给我留点东西作为纪念吧，比如用手指打火。

她顺手弹了弹左手的手指，居然一次就成功了。卢齐的床不知怎么的就着了火。一切都发生得太快。当时他在上面的阁楼里。有人尖叫：卢齐！大概是克拉拉。在大风的帮助下，火势迅速蔓延。一堆冒着浓烟的垃圾一股脑儿地掉在我们身边，连地板都烧起来了。我们都逃到了外面，只有卢齐没能出来。他留在了大火熊熊的仓库里。

星期天，我们在老师家里聚会。克拉拉的手上还缠着绷带。老师准备了蛋糕、香茶和音乐。那天，老师抽了很多烟。马克斯问她，卢齐会不会被烧死？她摇了摇头。

爸爸、妈妈、我和她

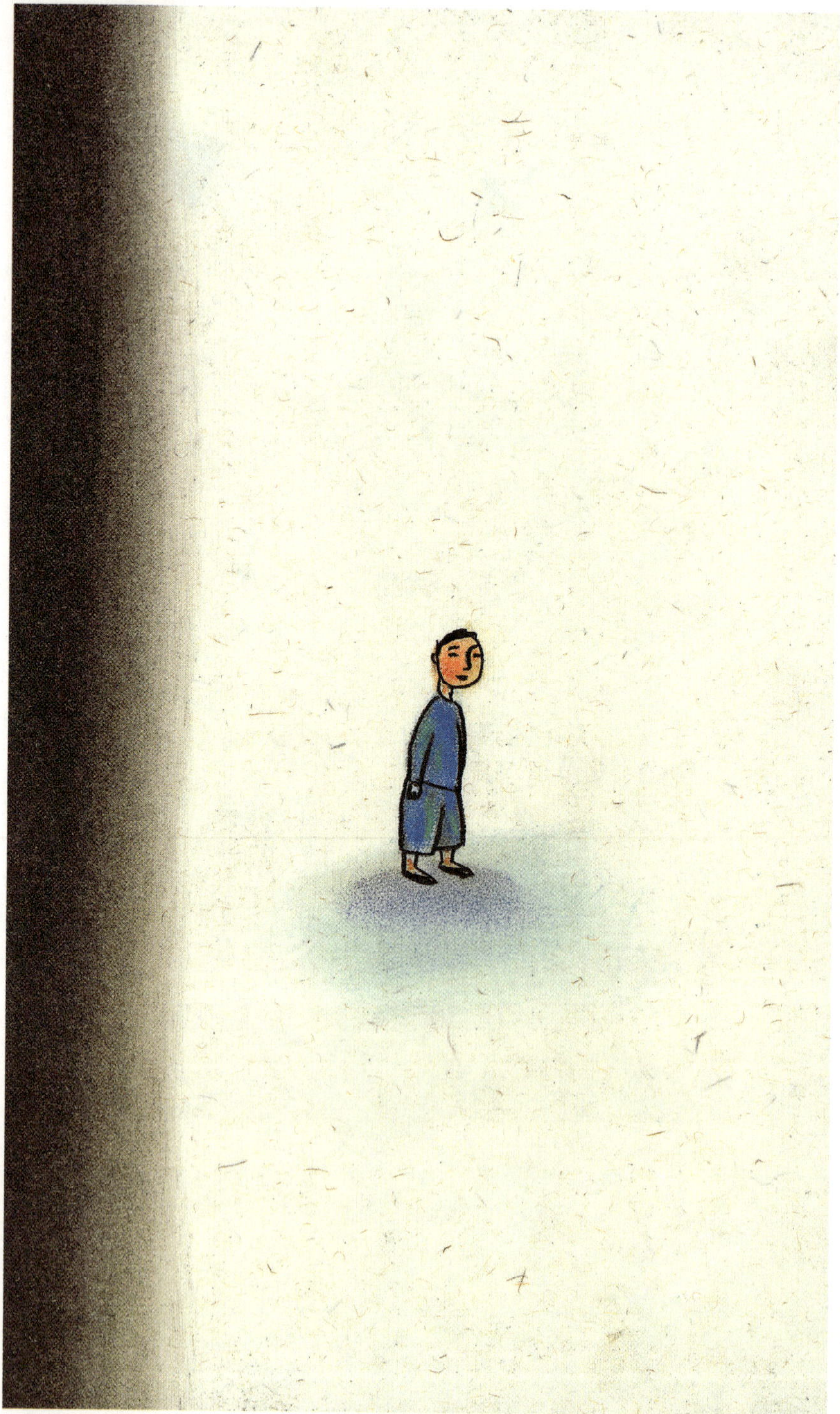

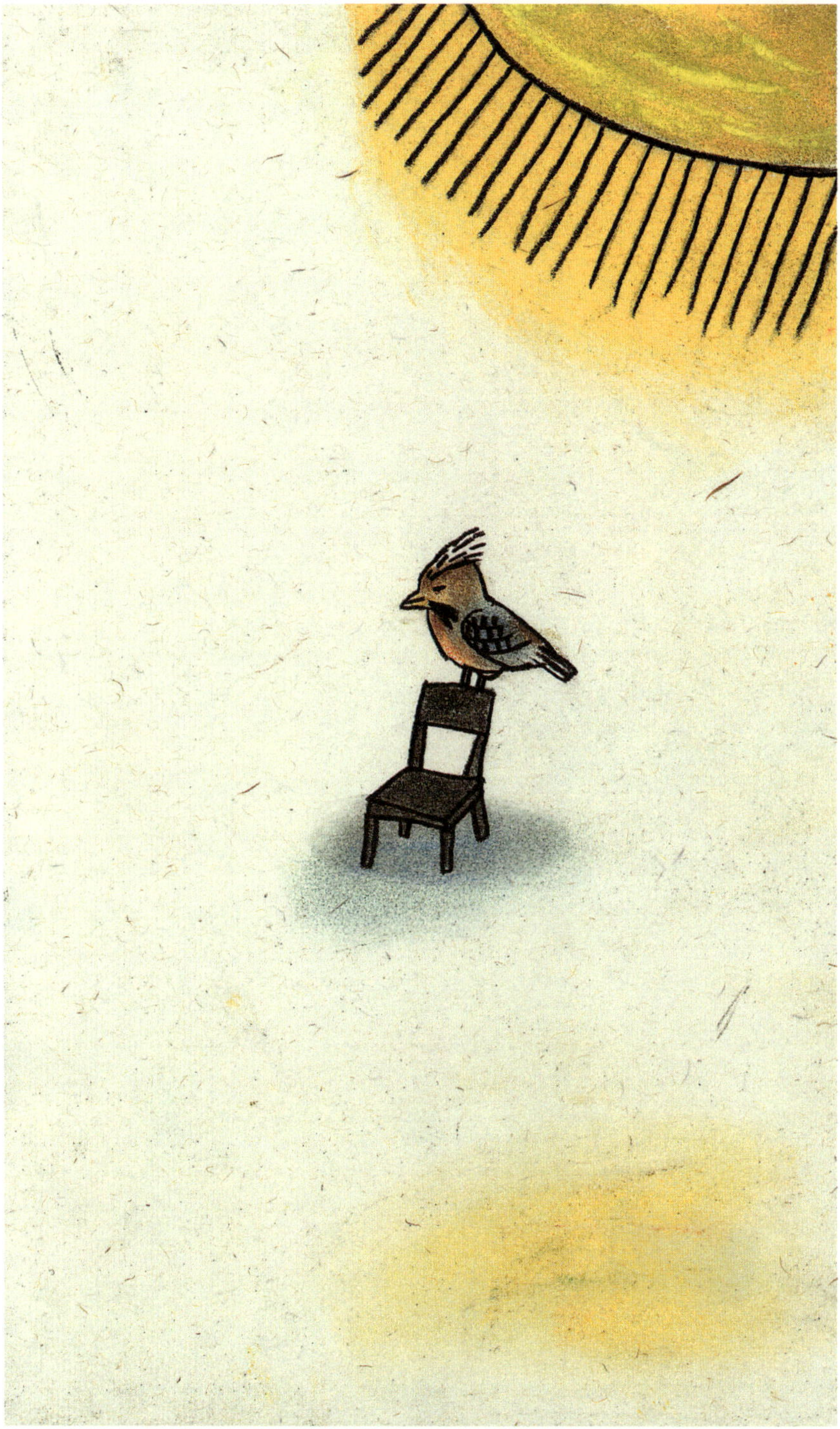

我的第一本笔记

我来到这个世界的时候，世界就已经在那儿了。房子、桌子、椅子、柜子、床铺、洗碗盆、水龙头等，一应俱全。一切都考虑得很周到，一切都相互匹配。

花园里的桦树也已经在那儿了——当然，还有其他的树。也许品种还不齐全。或者，一开始只有桦树，没有枞树，没有榉树，没有梨树，没有李树，没有苹果树，没有樱桃树。或者，也没有猫，只有狗。

如果是这样，那我们的猫现在躺着的窗台上，或许最初只有一缕阳光。

我来的时候,爸爸和妈妈已经在那儿了。这是天经地义的,因为是他们把我生下来的。爸爸长着黄色的小胡子,很容易认出来。妈妈就更简单了。她戴着眼镜,把我抱在怀里,所以不必问她是谁,我一看就知道。她当然也知道我是她的孩子,还知道我的名字。她为我的到来做了充分的准备。

我们很高兴,我们终于见面了。

我出生时家里还缺好些东西,比如那台新的音响,以及妹妹的床,因为那时还没有她。她叫安娜,我有时会直接管她叫"她"。比方说,妈妈问:是谁又玩了电话听筒呀?我就会答:她。

那些缺少的东西,都在哪儿呢?比如我妹妹,她在妈妈的肚子里之前,又在哪儿呢?一想到这些问题,我就会头晕。我还是把这些问题留给爸爸好了,他最喜欢思考这些伤脑筋的问题。

这个世界还缺少哪些树木和动物呢?这是他喜欢思考的另一个问题。它们的名字又是怎么来的呀?

我们没法把人送回他来的地方,只能等待他死去。如果我妹妹死了,可能她的床也会消失。一切就回到从前了。只有音响,无论多久都会留在那里。

  我不是不喜欢妹妹,只是她有时让人厌烦。妈妈说,她绝对不会把妹妹送人的;爸爸也不会,我想;我也不会。我猜,没有人愿意要她吧。

  我来到这个世界时,长得小小的。我的一切都很小,裤子、毛衣、帽子、脑袋,特别是手和脚。大脚趾小得就像小脚趾,而小脚趾就像更小的脚趾。我得抓紧长大。爸爸妈妈已经长到正常的大小。当然,他们也曾经很小,但现在完全看不出原来的样子。

  有时我会想象:小小的爸爸妈妈,就像玩具火车站站台上的两位旅客,身边放着旅行箱。我在向他们挥手。

  世界上的一切都相互匹配,没有遗漏。鼻子配眼镜,嘴巴配勺子，屁股配椅子；鱼配水，鸟配天，奶牛配草原；人配衣裳，房配床；黑夜配睡眠，白天配苏醒，名字配物件……想到这些，我就觉得一切都很美好。

妈妈说，有些东西配得不好。有些牛没有草吃，有些人没有衣裳、没有房子、没有床。我知道这都是实情，但我无法想象。如果真的这样想，我会难过死的。

我的脚跟爸爸的鞋子不配；妹妹跟书不配，因为她还不识字；我跟电动剃须刀不配。大人跟这个世界很配，小孩还不太配，所以小孩得先上学，学习各种知识。

我说：她跟我们不配。

妈妈问：谁？

我说：她。

妹妹一听就号啕大哭起来。她最恨我说"她"。

女人配男人，男人配女人。男女很相配。不过，有时也配得不是那么好——女人不太好，或者恰恰相反。

本哈德叔叔和多丽丝阿姨就一直都不配，所以他们离婚了。以前，看到他们我就有点害怕，因为他们脸上的表情总是一成不变。自从分手以后，他们的表情就变得丰富起来。

住在我们这条街上的雷托，跟他的轮椅很配，跟街道却不太配。我有点怕他，但只有短短的几秒钟。让人感到恐惧的，不是

世界上的一切都相互匹配，没有遗漏。

他残疾的双腿,而是他和我们一样会笑,和我们一样会说话,和我们一样会握笔写字。这真的很可怕。如果他啥都和我们一样,那最终我们也有可能和他一样。我们当然不愿意像他那样。

有时他让我难过。比如他摇着轮椅在前面走,我在后面喊他,可他没法回过身来,这时我就会难过。

其实我不太喜欢他,但我必须喜欢他,因为我们必须喜欢残疾人。

单词与东西相匹配,而且大多配得刚刚好,好得不需要我们多想。比如"眼睛"这个单词,我就想不出更好的来替代。一说起"眼睛",就会想起圆圆的、大大的、闪闪发亮的眼睛。妈妈还知道其他语言里表示"眼睛"的单词。可听到它们,我却没法联想到真正的眼睛,总觉得不是斜眼就是泪眼或肿眼。

再比如,一听到"太阳"这个单词就会想起阳光,听到"月亮"就会想起月光。英语分别是"sun"和"moon"。也不错,但有点短。英语单词都很短,好像还没说完就结束了。

难道英语里就没有单词与东西相匹配的典范吗?当然有,"popcorn"就很配爆米花。

撒谎是怎么回事呢?难道是语言用错了吗?要是有一种不能撒谎的语言,我一定要学。要是有一种撒了谎却不会被发现的语

言，我更要学。

我学说话的时候是冬天。一夜之间我就会说"面包""再见"和另一些单词了。窗外飘着雪。那时我还不认识雪。妈妈说那是雪，爸爸说那是雪花。"雪"的发音很难，听上去却那么美好，一下子就让我想到了雪球，想到了雪白。说这个单词时，我也认识了一件新事物，那就是雪。

我们来到外面的花园里，只见雪花漫天飞舞。雪！雪！我不停地喊着这个单词。这是一个洁白的、花瓣般的单词。

我回想着与雪有关的场景，包括站在花园里的雪人先生和雪人太太。之后，我兴奋地打起嗝来。我还清晰地记得这一切，比当初还清晰。

因为我家的花园里有一棵桦树，所以我很早就学会了"桦树"这个单词。我当时还以为，只有这一棵树叫桦树。妹妹学说话的时候，把所有的树都叫作"桦树"，把所有的动物都叫作"猫"。

所有的器皿她一律叫"盘子"；所有的家具一律叫"椅子"；身体的所有器官，包括手指和脚趾，一律叫"耳朵"。爸爸、妈妈和我试着模仿她的语言。我指着牛奶问她想不想喝水，她大喊：不要！不要！她不跟我玩了，把

我学说话的时候是冬天。

头埋在妈妈的怀里。可是,我们跟她说话用的是她的语言啊!

妹妹最讨厌我拿走她的东西,尽管这东西以前是属于我的,比如那辆三轮车。

她给我们家带来了热闹。她出生以前,我们家是很安静的。那时妈妈的肚子大得可怕,像个圆滚滚的肉球。妹妹当然没见过那个肚子,她觉得很不公平。我一再给她比画当时妈妈的肚子有多大。当然我有些夸张,但那时妈妈的肚子真的有这么夸张。

有一次,妹妹把一个布娃娃包在枕头里,塞进了裤子,她的裤子一下子就像要爆开似的。

今天,雨一直下。妈妈站在窗户旁,雨滴连绵不断地在她面前掉落。我问她在想什么,她说在想寒冷。

妹妹把头埋进娃娃车里,喊道:你赶紧穿上外套吧!

我也在思考寒冷的问题。至于想了些什么,我已经记不清了。反正这种思考总是有点凉意。寒冷的问题最好在冬季思考,流汗的问题则在夏季。

什么问题都可以思考。

妈妈有时想离家出走,有时真的说走就走,通常是去南方。她的离开与寒冷有关。爸爸从来不觉得冷。他的体温总是很正常。

我不理解妈妈，我们需要的东西，不是都有了吗？有时候，我又觉得自己还是理解她的。可是，每当能理解她时，我就会开始害怕，怕她再也不回来了。一旦开始害怕，我就又不能理解她了。

今天收到一封信，里面是一张照片和一张捐款单。照片上是一个瘦骨嶙峋的孩子。妹妹拿着照片看了很久。她伸出白白胖胖的小手，指着照片上黑黑瘦瘦的面孔问道：这是什么？

我说：这是一个孩子。

不是，安娜说。

她肯定以为是一只黑色的动物，比如一只猴子。

一个孩子，我重复道，一个快要饿死的孩子。

安娜把信扔到地上，跑开了。她又喊了一声：不是！

就是！就是个孩子！而且，这个孩子已经死了！我在她身后喊道。

安娜在厨房里嚷嚷着：不是！不是！

我很怕看到那些赤身裸体的孩子，怕看到他们的小肚子，怕看到他们全身脏兮兮的样子，特别怕看到他们的眼睛。所以我从不正眼看那些照片，偶尔偷偷地瞄一眼。可是没有用，因为只要照片放在家里，他们就会长时间盯着我。只要他们不那样盯着我，让我做什么我都愿意。

我的第二本笔记

爸爸让我去地下室取一瓶糖渍李子，但我没兴趣。一到星期天，我就对任何事都提不起兴趣。

他问：没兴趣，是什么意思？冰箱里没有啤酒，就是没有啤酒的冰箱；森林里没有狐狸，就是没有狐狸的森林。而你没有兴趣，就是没兴趣的你。就像咖啡杯里没有咖啡，车库里没有汽车，对不对？

爸爸这样问，并没有使我心情变好，反而更糟。没兴趣，我说，就是对什么都没兴趣。我不想去取糖渍李子，不想吃李子，不想吃面包，不想吃黄油，不想被提问，什么都不想。

不想吃面包，妹妹边说边把放着黄油面包的盘子推到一边。我捅了捅她的腰，她就号哭起来。爸爸把她抱到了自己的大腿上。

你没有兴趣，那你有什么呀？妈妈问。

我有气，我说。

妈妈抓住我的胳膊，但我挣脱开来。

我宁可死，也不想被抓住。我宁肯孤身一人死在暴风雪中。我脑子里出现了幻觉：看到爸爸、妈妈和警察在风雪中呼唤我，听到呼啸的救护车在呼叫我。我没有回答，因为我已经死了。我被风雪掩埋，窒息而亡，或被冻死，或因失血过多而丧命。他们坚持不懈地找了我好几个小时，最后终于发现了我——搜救犬闻到了我的气息。他们把我运回家时，我已经全身僵硬，没有生命迹象了。我这才开始为我的死而难过，跟着爸爸妈妈一起为我的死而哭泣。这样的感觉真好。

我哭了。我是说，不仅在风暴中，而且在今天早上的厨房里。妈妈抱着我。不知我是怎么到她怀里的。她没哭，她在笑。

傍晚时分，我们把爷爷奶奶吓着了。我们坐在他们的花园里玩"不在了"游戏。我们得设想什么都不在了，比如酸果丛、沙拉，等等。妹妹指着割草机说：割草机不在了。然后，她指着奶奶说：奶奶不在了。

奶奶没有笑。她问：这是不是新游戏？

爷爷指着妹妹说：安娜不在了。他的食指几乎碰到了她的鼻子。安娜脸都气歪了，但没吭声。

爷爷奶奶是爸爸的爸爸和妈妈。而妈妈的妈妈，却不是真正的外婆。我们叫她尤笛。她的丈夫吉恩，就是妈妈的爸爸。吉恩早已去世，他死于一次交通事故。我们看过他的照片，他坐在尤笛家阳台的一张靠背椅上，面带微笑。照片上的他，看起来就像是一个客人。

傍晚时分，
我们把爷爷奶奶
吓着了。

有谁能不用微缩的方法，去研究庞大的事物吗？

尤笛对我们很宽松,我们可以随心所欲,但有时她又会突然生气。爷爷奶奶管得要多一些,必要时却处处护着我们。我和妹妹都很喜欢爷爷奶奶。至于尤笛,还需要进一步了解。

我做梦了,梦见一个瘦弱的孩子。他的眼睛圆圆的,却紧紧地闭着。我问他是不是死了,他用一种非洲土语大声说:不是。奇怪的是,我居然听得懂。

全球的气候都不太正常。今天我们这里就浓雾弥漫,到处都白茫茫的,让人恍惚以为天空本来就是白色的。

我思考天气,思考风,思考云,以及介于天地间的一切。它们来自远方,来自海洋,来自俄罗斯,掠过我们的头顶,奔向远方,其间还在不断变化。为了想明白这一切,我得先在脑袋里把它们缩小,否则我只看得见眼前的墙壁。天气这玩意儿就更是费思量了。藏在猫身上的跳蚤,若想研究猫身上的毛,也得这样做。它必须先在脑子里想象出一幅全猫图。

有谁能不用微缩的方法,去研究庞大的事物吗?这可是个高难度的问题。

我喜欢提问,爸爸喜欢回答。我的问题都很短,他的回答都很长。

这就是我的人生吗？妈妈问道。她告诉爸爸，她总是笨手笨脚地饰演另一个女人，如果她演自己，应该会成功。

如果换我这样问，那我马上就会觉得自己在演电影。

这就是我的人生吗？我扮演的男孩说出了这句台词。他的妈妈就坐在他身边。他们一边聊天，一边望着窗外。窗外下着蒙蒙细雨。

我喜欢我演的电影，因为它就像我的人生一样美好。

我把这部影片讲给妈妈听，她叹了口气，神情变得凝重起来，就像一位圣徒。她说：如果我在你的片子里演的是妈妈，那我就不用再质疑了，因为这就是我的人生。

爸爸、妈妈和我是不是多多少少有点复杂呀？是不是比文格尔一家复杂呀？文格尔一家是我们的邻居。布鲁诺·文格尔每天和我一起上学。他是我的朋友。如果布鲁诺问，为什么猫要掉毛，而老鼠却不掉呢？他的父亲就会回答：这是天生的。他这样说就表示，他现在没时间思考这些问题。

布鲁诺和贝娅特经常跟我一起玩印第安人的游戏。我们轮流扮演不同的角色，其中只有一个扮白人——通常是牛仔、士兵或皮货商。然后我们开始打仗。印第安人永远是赢家，因为他们有两个人。

我们坐在草地上遥望远方时,我通常扮演印第安人。这时我什么都不想,只觉得自己就是一个印第安男孩。我有一双印第安人的腿,有一双印第安人的手,还有印第安人的呼吸。我用我那印第安人的眼睛穿过树林,向远方望去。至于另一个印第安人——昨天是布鲁诺扮的——我往往视而不见,否则我会失去印第安人的感觉。他除了表情严肃以外,其他地方根本不像印第安人。而且,他话太多,还老是讲德语。

雷托很想加入我们。坐在轮椅上可不行,我们说。但我们达成一致,他可以躺在什么地方,扮演垂死的士兵。可他不乐意。他想先战斗,被打败后再光荣牺牲。后来,我们看见他额头上缠着一块布条,上面插着一根羽毛。他不像印第安人,像一只鸟,而且还是一只残疾鸟。当然不行。

我们在学校里谈论的印第安人,我觉得只是对印第安人的一种描述,即课堂型印第安人。不过,那些消失的部落,还是引起了我的关注。一旦我仔细地想象这一切,就觉得自己像被消灭了似的,心里一片空白。

真正的印第安人说起话来不会没完没了。

奶奶生病了。我们不知道是什么病,很可能是癌症。爸爸和本哈德伯伯已经通了很久电话,他是爸爸的大哥。

奶奶的肝脏长了肿瘤。如果是恶性的,癌细胞就会持续扩散。健康的细胞只会繁殖到一定的数目和大小。例如,一根手指一旦发育好,就不会再长了,再长的只有指甲。癌细胞就像童话里的甜粥,不断地从锅里溢出来,无法控制,渐渐溢出大门,最终淹没整个村子。

奶奶的目光变得呆滞,每看一个地方,都会停留片刻。她的目光停留在我身上时,我不知道她到底是不是在看我。保持严肃真的很累人。

我想象着奶奶的肝脏。她身体的其他器官都很健康,运转正常,只有肝脏不好。肝脏四周的健康器官,能影响肝脏,让它变好吗?

今天早晨，阳光照在我的餐盘上，杯子里的阴影黑得像咖啡。

没人能抓住光，也没人想到这样去做，只有猫会想到。阳光在椅背上闪闪发亮，假如你伸手去抓，抓到的只有影子，阳光会跑到你的手指上。

我想好好研究研究影子，很早以前我就有这个打算。我坐在爸爸妈妈房间的大衣柜里，把柜门拉上，只有影子陪着我。我闻着衣服的气味，听着自己的喘息，先是睁大眼睛直直地看着前方，然后闭上眼睛。我感觉到了双重的漆黑和阴暗：一重在柜子里围绕着我；另一重在我体内，就在眼帘下面。

我猜对了：影子的本事比光大得多。它可以挤在衣柜的后面，藏在紧握的拳头里，躲在紧闭的嘴里，甚至可以进入人的身体里。

我跟爸爸谈了这些想法，他却有另外的看法。他认为，影子只能做光线做不到的事，它只能躲到东西的后面，那里原本就是它的位置。而光的位置就在东西的前面。

我请爸爸再好好想想。我们俩一起坐到了大衣柜里。我们把衣服推到一旁。这次，有人坐在我身旁，阴影就变了模样，不再漆黑，不再压抑。我们沉默着。

过了一会儿，爸爸说：假设……我闻到了他的呼吸，也闻到了"假设"这个单词。他说：假设有水从窗户流进这个房间，虽然我们躲在衣柜里，但是没法幸免，于是我们的脚不久就被打湿了。如果有人打开外面的灯（爸爸弹了一下舌头，模仿开灯的声音）……

那什么都不会发生，我说。

爸爸说：对，水的流动和光不一样。

更畅通无阻一些，我说。

爸爸可能在思考，因为他沉默了一会儿。然后他说：是的。光的流动像一支箭，直来直去；水更随心所欲一些，有时弯曲，有时笔直，有时还会绕点路，视情况而定。最重要的是，水只往低处流。

我们在污浊的空气中坐了好一会儿。尽管我们事先没有商定，但还是像一场无形的比赛：看谁坚持得更久。

我听到了妹妹的呼唤。她在找我们。她在衣柜前站了片刻，就走开了。

我们都憋得快吐了，幸好爸爸及时推开了柜门。我们俩喘得像狗。我赢了。

在衣柜里，我们没有达成共识。爸爸仍然固执己见。而我不知道该不该坚持自己的观点。

我的第三本笔记

我们在玩手影游戏。安娜扮演的是胖公主；妈妈是被胖公主吃掉的奶油面包；我是个神秘客；爸爸是一匹马，因为他会用手比画出马头。

妈妈每次玩这个游戏都变来变去，一会儿是奶油面包，一会儿是巨人，一会儿是性格孤僻的书生，一会儿是一扇窗户，一会儿又是一个男人。她随心所欲，想到什么就变什么。刚才还是一张儿童床，你刚躺在上面睡觉，她突然就开始哞哞叫了，原来她已经变成了一头奶牛。她变幻莫测，难以捉摸。妹妹最喜欢扮演公主。以前我喜欢演印第安人，现在变成了神秘客。爸爸也经常变换角色，但不像妈妈那样频繁。今天，他先是一匹马，然后是一名摩托车手，最后变成了一位教师。

我不再写妹妹的事了。我向她做了保证。

我傍晚的影子比爸爸中午的影子长,也比妈妈的长。至于妹妹的短影子,我就不写了。

影子无论长短,都和脚连在一起。当然前提是,你必须站立或走路。它总是亦步亦趋地跟着你。到了夜里,四周一片漆黑,影子就成了夜,夜就成了影子。

当我们的老师弗利夫人站在世界地图前的时候,我老是想着她绿色毛衣下面的肝脏,应该是很健康的。她指着地图上的海洋,笑眯眯的,就像没肝脏似的。

奶奶的状况越来越差了。她知道自己的身体里发生了什么变化吗?她看不到,也感觉不到,但一切都发生在离她最近的地方。

人们看不到体内，只看得到外表。

人们看不到体内，只看得到外表。

我开始思考"听"的问题，但常常半途而废。我只好一再从头开始。我听到了开门声，听到了工地上传来的敲敲打打声，听到了一辆接一辆的汽车声，听到了铅笔在纸上跳舞的声音。只要你用心倾听，所有的声音都会变得越来越清晰，越来越动听。我像夜行动物那样竖起耳朵聆听周围的一切，甚至听到空气在吟唱，但我没法把它归类。我想，关于听，其实还有很多可以诉诸笔端，至少可以再写四五页。

妈妈说她心里的那块石头终于落了地。

妹妹迷路了。文格尔夫人在集市的汽车站看到她，就顺便把她带回来了。关于妹妹，我只写这么多。何况，重点不是写她，而是写妈妈，以及她心里的那块石头。

上周，妈妈不停地在家里走来走去。每次她想离家出走时就会这样。这是行动前的热身。我要走！我要走！我要走！她絮叨道。

我问：去哪儿啊？

她说：离开这里！离开这里！离开这里！她很激动，不像母鸡，更像一只小小的、毛茸茸的动物。她把衣服弄得乱七八糟。衣柜前还放着一只敞开的箱子。她走之前，盯着我的脸看了很久。她想记住我的模样，以后再见时才好相认。她会长时间离开我们，我明白可能是永远。

当我终于喊出"把我也带走"的时候，她可能已经到了火车站，或者已经上了火车。我忍不住大哭起来。我想擤鼻涕，却没有手帕。那我就更要好好哭一哭了：没有手帕，没有妈妈，什么都没有。面前只有一张桌子、几把椅子、一盏灯，还有窗帘上的皱褶——一张悲伤的桌子、几把悲伤的椅子、一盏悲伤的灯，还有悲伤的窗帘皱褶。四周的墙壁就像被抹平的稀粥，悲伤而又恶心。这时，传来了讨厌的拉锯声，街头那家面包店正在重新装修。

妹妹在花园里玩，跑回来时恰好看见我在哭。她全身又湿又脏。

妈妈去面包店了，我说。其实面包店正在装修，早已腾空并上了锁，透过橱窗可以看见许多货架空空如也。

妹妹又出去了。之前，她把自己的小熊洗得干干净净的，放在一条毛巾上晒太阳，现在她是去看看晒干没。

爸爸平静下来了，在聚精会神地思考。他的表情严肃而慈祥，但有点六神无主。我问他一只恐龙蛋有多大，他回答：是的。他茫然若失地站在那里，脸上的表情乱得像妈妈扔下的衣物一样。他把房间收拾了一下。妹妹拖着吸尘器穿过各个房间,任它肆无忌惮地叫嚷。

我们买了一个冰激凌蛋糕,晚饭前就吃光了,再也塞不进意大利面了。

夜里,妈妈回来了。我们没有听到她的脚步声。她抱住我们,一再地抚摩我们。她也许没想到还能再看见我们。她哭了,眼镜上蒙了一层雾气。爸爸去厨房热意大利面,看上去有点伤感。看着妈妈吃,我和妹妹突然觉得饿了。除了饥饿感,我的心里或许还有愤怒;或许愤怒和高兴兼而有之;或许愤怒、高兴和饥饿交织在一起。

如果妈妈的心里再出现一块石头,那要走的就是我了。

有时,我会担心整个世界在某一天或某一夜从地球上消失,甚至连地球都无影无踪。当我醒来时,一切已不复存在。

有时我在清晨醒来,眼睛却不敢睁开。我孤孤单单,感觉整个世界已远离。我能感觉到自己的呼吸,我是这个空间里唯一还有呼吸的人。我屏住呼吸,感觉到了自己的心跳。咚咚咚,就像鼓声。

然后,我听到了妹妹的声音。她像平时一样说话,就像什么都没有发生。也就是说,除了我,她也存在。我们俩是仅剩的幸存者。可是,世界上什么都没了,我和她又能做什么呢?我感觉

— 我孤孤单单,感觉整个世界已远离。

自己睡在床上,妹妹的床应该也还在,否则她早就又哭又闹了。

然后,我听到了乌鸫的歌声。它还和往常一样在鸣唱。也就是说,它很可能仍然站在一根普通的树枝上。这根树枝仍然与树干相连,而树干仍然是从泥土里长出来的。我的床应该是站在地板上的,地板是房间的一部分,应该被固定在四面墙之间。

现在我才敢睁开眼睛,但我还不想睁。现在,我基本能确定我和安娜房间的四面墙还在。我可以安心想象世界末日的情景了。

     我们去医院看望奶奶。外面刮着大风,树木看上去像在跑步,而远处的蓝天一动不动。院墙和路灯却不摇晃,真有些奇怪。医院里到处都弥漫着医院的味道,甚至连午餐的菜香都混杂着这股味道。爷爷坐在奶奶的床边,他往旁边挪了一下,好让我们跟奶奶握手。我问奶奶,你好点了吗?奶奶刚刚回答了爸爸妈妈同样的问题:今天好些了。

奶奶没有回答我的问题,只是捏了一下我的手,然后紧紧握住。后来,她就转头去看在床的另一边呆呆站立的妹妹。

病房里还躺着另一位老太太,头发黑得就像乌鸦的羽毛。她擦了粉,化了妆,可能在等待来访的客人。妹妹久久盯着她。老太太向妹妹招手,妹妹惊恐地低下了头。

在病房的阳台上可以看见整座城市。我和安娜站在栏杆前,站在越来越小的风中,望着下面的停车场。汽车就像一个个鸡蛋,人们纷纷破壳而出。爷爷也来到阳台上,他想抽支烟,我们赶紧收声。

我的第四本笔记

我们去逛动物园。通过前几次游玩，我们已经认识了很多动物：貘宝宝和它的妈妈、两只大海龟、秃鹫科比、番茄蛙、海狗一家。虽然我们认识这些动物，但它们好像不认识我们。

有些奇特的动物会让人惊讶于它们的存在，特别是一些鸟和鱼。有些真的长得非常夸张，比如火烈鸟、非洲秃鹳、子弹鱼和龙头鱼。爸爸说：它们与自己的环境还是很配的，就像我们与房子、花园很配一样。原来，不仅有奇特的动物，还有奇特的环境。

貘妈妈老是打瞌睡，就连梦中都在抖动耳朵、扭转长鼻。貘宝宝也一样。它不必向爸爸妈妈请教，就知道貘应该怎样做，它生下来就知道。

即使是最奇特的动物，也不会遮掩自己的奇特。它们觉得这种奇特是理所当然的。

鹦鹉笼中的麻雀看起来比其他地方的麻雀胆大多了，比如我们花园里的那些麻雀。爸爸提议，留一刻钟去看那些普通的动物。我们首先看的还是麻雀。它们在火烈鸟的水池边饮水，在野鸭的饲料盆旁跳来跳去，在鹿苑的尘土里打滚嬉戏。接着看了一只苍头燕雀和一只乌鸫。妹妹喜欢看小小的动物：苍蝇、蜜蜂、毛毛虫……有个男人在飞禽馆中模仿鸟叫,他也被我们算作普通的动物。

有些动物的家就像从另一个世界搬来的:比如美洲野牛的四周就有点像北美大草原;斑马的四周就有点像非洲大草原。骆驼的眼睛半闭着,妈妈说它们正在想象眼前是一片沙漠,一片一望无际的沙漠……它们努力想象着,离成功只有一步之遥。它们只能继续努力。

有只长毛猕猴很像一位印第安老人。我们大笑起来,它却显得严肃而又悲伤。我们只好跟它说抱歉。

妈妈收集了许多奇奇怪怪的动物名:眼镜熊、转角牛羚、大角羊。在动物书中,我们还能找到更疯狂的名字:沙漠吹哨者、吻花者、花头鹦鹉、灰嘴猫、月牙袋鼠。我们家的猫就叫猫,我想不出其他名字。

爸爸又在思考问题。他看起来像一只动物,一只我不认识但确实存在的动物。

妈妈在模仿火烈鸟。她单腿站立在公园里,歪着头,一动不动。妹妹呆呆地看着她,一动不动。妈妈终于变回我们原来的妈妈了,妹妹却还是那样看着她。妹妹的表情很像一只兔子,一只突然停止吃草的兔子,静静地站在那里,只有毛皮下的心脏还在跳动。

奶奶要死了，开刀已经来不及了。她张着嘴在喘气。

妹妹站在我旁边，我们俩都在看奶奶。安娜在我的耳边轻轻问道：她的假牙去哪儿了？可能是护士小姐拿走了，好让空气进出得顺畅一些，我回答。没有牙齿的瘪嘴巴看上去很可怕，发出的声音也很可怕。我不怎么害怕。那声音好似来自作坊，既像哨声，又像铃声。我忍不住笑了，嘴角微微动了一下。我的脑袋里不时冒出一些跟奶奶无关的念头，连我自己都觉得莫名其妙。看来思想与脑袋并非时时匹配。

妈妈哼唱着奶奶最喜欢的歌：《快乐的吉普赛生活》。她哼得很慢，刚开始我没有听出旋律。我猜奶奶应该在聆听，因为她闭上了嘴，呼吸也变得平稳。

爷爷一直坐在旁边，护士小姐们在他身边走来走去。她们接过我们带来的鲜花，还找来一个花瓶。爷爷喝了一口奶奶杯子里的茶。

邻床那位头发乌黑、擦脂抹粉的老太太，已经消失了。

爸爸牵起我的手，放到奶奶的手里。我感觉奶奶轻轻按了两下，不知道她是不是在握我的手。我们要离开的时候，奶奶把手放在被子上。爷爷轻轻地抚摸了一下，然后把她的手稍稍摆正。那发灰的手指让我害怕。它们不再摸被子或睡衣的纽扣，安静得可怕。

对所有的人、动物和植物来说，死亡是正常现象。濒死之人却不这么想。在他们心里，死亡是个意外。

对所有的人、动物和植物来说，死亡是正常现象。濒死之人却不这么想。在他们心里，死亡是个意外。我对死亡没什么感觉，可爸爸不一样。他沉默不语，静静地看着桌布，然后突然站了起来。他没有时间了。

在河边散步的时候，有两只天鹅突然从我们面前飞起来，把妹妹吓哭了。我们在动物园游览了一圈，时候已经不早了。天已渐渐昏暗，四周一片宁静。只有一次，河对面的草地上有一点点动静。我为鸟儿们带来的干面包，没有派上用场，因为动物们都睡着了。

我看见一只蝙蝠。爸爸没看见，就断定那不是蝙蝠。他和妈妈勾肩搭背地走着，边走边说话。不能因为爸爸现在很悲伤，我就违心地附和他吧！于是我强调道：那就是一只蝙蝠！

或许是一只蝙蝠吧，妈妈对着爸爸的肩膀说。

我把干面包全都扔进河里，吓跑了草丛中的一只野鸭。

妹妹吵着要回家，妈妈一把抱起她，不停地亲吻她的脸颊。她没有想到，安娜的皮靴会把她的裤子弄脏。

爸爸妈妈通常睡在同一张床上。我有自己的床，妹妹也有。

夜里，我们不需要有人在身边拥抱我们，我们喜欢一个人睡，我说。妹妹表示赞同：对！我们喜欢一个人睡。

我告诉她：爸爸妈妈有时不会马上睡觉，他们会相互抚摩，

因为他们是大人。

安娜说:他们应该不像我们这么怕痒。

自从奶奶去世以后,爸爸看上去就矮了许多,好像缩水了一样。我可能也缩水了,因为我常常觉得胸口发紧。和爸爸交谈的医生本来很矮,但是抬头挺胸,显得很挺拔。护士小姐不论问什么,他都对答如流。

最终没变矮的,只有躺在病床上的奶奶。

爷爷又站在阳台上抽烟,我不知道他将如何活下去,可能他自己也不知道吧。

没有风。薄雾笼罩着整个城市。如果树枝开始晃动,你可能会猜是小鸟在枝头跳跃。我想象着,如果天气一直像这样,太阳就会像个大圆盘挂在雾蒙蒙的空中,日复一日,年复一年。

我们坐在客厅里,爸爸妈妈在写要发出去的白帖子。

在服丧者的名单里,也有我的和妹妹的名字。

孩子出生、结婚典礼或有人死亡,人们会发帖子。如果遭遇了车祸却幸存下来，就不用发帖子。有些人能够一次次死里逃生，比如过去住在我家附近的罗莎玛丽，每年都会遇一次险。

妹妹不满地问：为什么死的不是尤笛？她也很老了。

在葬礼上，神父讲述了奶奶的生平，包括她在哪里出生，上了哪所学校。她是个快乐的、乐于助人的孩子。我从未意识到，奶奶也曾年轻过。在爷爷出现以前，她也有自己的生活。当然，没有爷爷，也就没有爸爸。

然后，神父提到耶稣是如何受苦如何被害的。正因为如此，才为奶奶——也为我们大家——打开了通往天堂之门。而地狱之门，则是我们自找的。

爸爸站在他的两个哥哥身边，显得很年轻，根本不像个爸爸。妈妈哭了，先是靠在爸爸的肩上哭，后来则独自饮泣。

在餐厅吃午饭时，贝娅丽丝姑妈说：生活还得继续。很多人点头称是，脸上的表情却显得很苦涩。她用了"生活"这个词，这使我感到茫然。也许是她的发音很奇怪，也许这个词本身就很奇怪，反正我不喜欢。好像她没有权利说这个词，好像这个词只属于我们：爸爸、妈妈、安娜和我，因为我们就是用这个词思考我们的一生的。

下午，马尔科在学校的楼梯上讲了一个笑话。我去晚了，没听到笑话的开头，只听到结尾是内裤掉色了。大家都笑了。我不解地问：什么？他们笑得更大声了。我觉得他们的脸很可怕，但我可能还是跟着笑了。然后我孤零零地走路回家，心里空落落的。

我和别人不一样吗？很不一样还是只有一点点？我有两只手臂，每只手臂连着一只手，每只手上有五根手指，每根手指上有一片指甲。我的肚子在前边，背在后边。我想：去你的！如果这还不正常的话。

也许我只是内心跟别人不一样，只有那里是空落落的。

我的第五本笔记

有时候,妹妹会一整天都乱扔东西。她今天就这样。现在是下午1点35分,到现在为止,掉下来的东西有:
1. 她的睡衣(在床前)
2. 一把勺子(在厨房的地上)
3. 两个蜂蜜面包(在厨房的地上)
4. 一个苹果(在浴室里)
5. 一只鞋子(在客厅里)
6. 她自己(被掉在地上的鞋子绊倒在客厅里)
7. 毛线娃娃瓦尔桃(下落不明)
8. 一把小刀(在她的脚边)
9. 热汤(从嘴里掉到桌上)

当她把第一个蜂蜜面包掉在地上时,爸爸问:东西没拿好,为什么会往下掉?为什么人们要用钉子、绳子、夹子来固定东西,阻止它们往下掉?他说了一大堆,妹妹的第二个蜂蜜面包还是掉了下去。

妈妈说:想一想宇航员就会明白。我们不久前才讨论过宇宙的问题。在月球上,再胖的人都没什么分量。尽管还没有哪个胖子去过月球。

爸爸说：没有什么是固定不变的，就连我们自己都站不稳，有时还会跌倒。

在花园里翻土的时候，爸爸挖到了一块大石头。他用双手把大石头举起来，然后让石头自己掉下去。这就是重力，他喊道。接下来他又用小石头、碎石、铁锹、鞋子等一一进行演示。他不断实验，不知疲倦。到处都有重力。他扔了这么多，就是为了证明一切东西都会往下掉。其实，他扔第一块石头的时候，我就相信了。人人都知道这个事实。

妈妈说，也许有例外，反正没人可以证明没有例外，因为没人能把所有的石头、铁锹和鞋子都检验一遍。有时候妈妈就是不愿意相信爸爸相信的东西。即使有一块石头在空中飘，你们也不会察觉，那就是例外，她一边说一边望着天上飘浮的云。她在笑，也许她是认真的。

妈妈的思想就像会飞的小鸟。爸爸的思想则像筑有很多鸟巢的大树。有时会恰好相反，但很少见。

"重力"成了妹妹最爱的词,她发音时口齿清楚,不像平时那样。她干了蠢事以后,就特别喜欢用这个词。有一次,她拿把剪刀扎我的脚,就硬说那是重力干的。

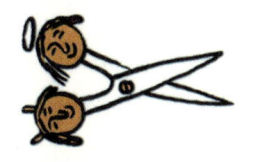

为什么所有的东西偏要往下掉呢?那地球呢?它也会往下掉吗?

人们怎么知道黄油面包往下掉是因为重力呢?为什么黄油面包不能靠自己的力量呢?

一周之前,我们就开始把这些问题写在一个本子上。这将成为一本"问题手册",一本只有问题、没有答案的手册。但爸爸把答案都说出来了,有些是他知道的,有些是他想象出来的。

为什么不同的东西会有相同的特性呢?石头有大有小、有方有圆,但只要我们一松手,它们就会往下落。所有的石头都硬硬的;所有的动物都会动;所有的人都跟我长得不一样,但每个人都有眼睛、鼻子、肚子。为什么他们偏偏也长着两只耳朵、两只眼睛、两条腿,却只有一张嘴呢?为什么不是两张嘴,一张在左脸、一张在右脸呢?

为什么要有共同点,而不是只有不同点呢?假如一切都是不同的，我们就说不同的语言。每种语言的每个单词，都只属于唯一的物体、唯一的生物，因为一切都是独一无二的：一把椅子、一张桌子、一床毯子、一本书、一张床、一棵树。人也只有一个，但有很多单词属于他。或许我就是这个人。我坐在唯一的那把椅子上，面前是唯一的那张桌子，感到有些悲伤。

有这样的想法正常吗？别人会这样想吗？大家都这么想，才算正常。总的来说，我大概算是正常的，和爸爸差不多。不过，可能是另类的正常。

也许真的有跟我们完全不同的人，只是我们没有察觉而已。他们不是我们的同类，也不知道究竟该属于哪一类。为了不被发现，他们才故意跟我们做相同的事情，像我们一样刷牙，像我们一样撒尿，像我们一样读书、写字、大笑和睡觉。他们这么做只是因为必须和我们一起生活，其实他们根本不想这样。

爸爸要把纸币上的折角捋平，才放入钱包里；墙上的挂历他会摆正；不必开着的灯他会关掉。一切小缺陷他都会去纠正。在他身边你会觉得，这个世界可以变得更好。

每当他修理东西的时候，都像在思考什么，一脸凝重。比如他修理电插头时，就不只在想电插头，而是在想整个电力系统。有人滔滔不绝地说话时，他总是用心聆听，看上去就显得很疲惫，比如在爷爷讲述自己过去的生意时。

也许真的有跟我们完全不同的人，只是我们没有察觉而已。

他那张疲惫的脸，很像疲惫时的本哈德伯伯。本哈德伯伯整天都在抽烟，时常大笑或咳嗽。有时他突然就会这样一脸疲惫，这时我能看到他额头上有很多很多皱纹。这里面有我无法理解的东西，可我又不知道那是什么。

妈妈跟谁都长得不像。每当我不明白她在说什么的时候，我就觉得还缺少点什么。妹妹的话我都懂，除非她胡说八道。

爸爸说，不知道今后爷爷会如何安排自己的生活。我想象着一个老人迈入新生活的场景。有一次，贝娅丽丝姑妈说爷爷还年轻，把爸爸吓了一跳。

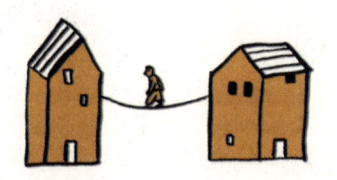

妈妈正在翻译一本小说，是把法文译成德文。她常常在屋里走来走去，寻找恰当的词汇。比如她在厨房凝神聆听，如果没有听到需要的词，她就到别的房间去。有时她会站着发呆，可能暂时忘了自己，也忘了她要找的词。她静静地站在那里，就像一台停摆的钟。用"孤立无援"这个成语来形容她，是不是正合适呢？

有一次我问她：我的灵魂在哪儿？

就在你的眼睛里，她说。

灵魂是看不见的，我说。

她肯定地说：可我看得见你的。当你说"看不见"时，灵魂就在你的唇边。

那你的灵魂呢？我问。

一样的。当你看着我、跟我说话时，它就会出现，妈妈说。

我觉得，灵魂应该在我的心里，这样想会舒服一些，而且我也可以感觉到它的存在。

虽然妈妈对灵魂比较了解，但我还是想听听爸爸怎么说。我问他：你的灵魂在哪儿？

不知道它躲到哪儿去了，他说。

他问妹妹：我的灵魂在哪儿啊？

她说：我没拿过，真的。

爸爸和妈妈的看法完全一致，他们认为灵魂是飘忽不定的，有时会躲起来，有时又会突然出现。

妈妈要外出一小时。话说得太多了，她说，我去外面走走。

尤笛就像是皮革做的，她的灵魂也是。她不算老，但也不再年轻。她常常穿一条肥大的裙子，走起路来裙子飘飘荡荡。她走路的样子跟飘荡的裙子很配。此外，她喜欢用一些奇怪的词，让人觉得莫名其妙。比如，她不问：你们好吗？而是说：嘿！小小孩，你们最近在忙什么呀？她指的是我和安娜。

真正的老人不像尤笛这样。他们是除了大人和孩子以外的第三类人。我们在火车上看到一位老太太，解不开自己大衣最上面的那颗纽扣，就是靠近下巴的那颗。她尝试了三次，四次，五次，六次，七次，八次，九次，十次……她的手一直在抖。我们都很好奇，她在家是怎么扣上这颗纽扣的呢？

老人过去知道和能做的事，会逐渐忘却。他们先是把名字弄混，最后会连人都分不清楚。事情做得不好时，他们会傻笑，因为觉得不好意思，但是会继续尝试，有时会成功，有时还是会以失败告终。

有时候你可能会以为老人们讨厌你，其实他们只是心烦意乱、不知所措，因为他们在担心别的事。比如窗户卡住，管道不通，等等。爸爸的这个看法，有时候是对的，但并非每次都这样。有时候，那些老人愤愤不平，可能是因为有人偷摘了树上的苹果，要是他们还跑得动，肯定会宰了那个小偷。

对于他们来说，生活越来越艰难，连躺平都困难，更不用说尿尿了。老人们管这叫"放水"。他们说的一些话，我听了觉得恶心。

老人们希望医生能想方设法使他们恢复健康。幸好目前爷爷身体的各部位运转正常。有时我会想，我们得抓紧时间爱他。

我的第六本笔记

印第安人或许不知道什么是守护天使，但他们有自己的守护神，通常是动物。这些动物会赐予族人们力量。或许我们也有这样的动物。我常常想象：每个人都有一个象征自己精神的灵兽，而且会守护我们一生。比如猫、鼹鼠、鳟鱼、乌鸦、蛇，等等。不是我们去选灵兽，而是它们来选我们。我们出生的时候，它们早已在床边等我们了；我们死亡的时候，它们还会在房间里守候很久。它们游走在我们四周，就像游走在森林里的树木之间。我们看不见它们，也认不出它们，可它们是存在的，比电视新闻里的美国总统还要清晰。

我的灵兽可能是一只啄木鸟；奶奶的灵兽应该是一只宠物；至于那些凶恶的人，他们的灵兽一定都是害虫。

布鲁诺他们家，也就是文格尔一家，跟我们不一样。不是姓名不一样，不是长相不一样，也不是家具、图书、植物不一样，而是他们家走廊的气味不一样；文格尔夫人每天取信、放信和脱外套的方式也不一样；她洗完碗，接着擦护手霜的样子也和妈妈不一样。其实，我也说不清楚哪儿不一样。我的意思是，只可意会，不可言传。

文格尔一家总是知道下一步该做什么，就像事先商量好了似的。我去他们家玩的时候，就不知道这些。文格尔先生一坐下来就会叹口气。文格尔夫人一坐下来就会说：好，我们开始吃饭吧。我觉得他们家的饭菜跟我们家的差不多，但我不敢大口吃，只能小心翼翼地咀嚼。

对别人来说，我们也是别人。我们习惯了现在的生活方式，对我们来说再正常不过。我们家的味道也许和别的地方不一样，这简直难以想象。妈妈常常随手把自己正在读的书放在桌子上、电视机上或者花园的围墙上。如果妹妹去碰书，妈妈就会生气。但是，妈妈照样把书乱放，妹妹也照样会把书拿走——抱着书到处走，翻开书假装看。

文格尔家就不会发生这种事。这只是其中的一个例子，或许不是个好例子。

晚饭后,我们讨论了"哪些地方跟别人不一样"这个问题。我们谈到爸爸擤鼻涕有多麻烦;妈妈用手赶走烦恼;别人听我说话时,我越说越快;安娜把手指弄得脏兮兮的时候,会看着手指发呆。我们对自己的样子知之甚少,谈论高压锅或者文格尔一家可比谈自己容易多了。

我们无论如何都闻不到自己的鼻子,爸爸说。

假如我们与众不同,那别人应该知道。文格尔一家应该就很清楚,我可以去问问。但我担心他们不明白我在说什么。就这一点而言,他们家也跟我们家不一样。另外,他们家的餐桌上老是摆着芥末,我们家就从来不摆。

我们试图过不一样的生活:我们交换了用餐时的座位;爸爸像饭店里的服务生那样站着为我们服务;妈妈戴了一顶帽子;我用左手吃饭;妹妹干脆就不吃了,只是呆呆地看着我们。妈妈突然唱了起来:吃吧,安娜!看在上帝的分上,你就吃吧!妹妹突然大哭起来。一切来得太突然,她吓坏了。她的哭声让爸爸妈妈瞬间就变回了原来的样子。妈妈摘下头上的帽子,在手中把玩了片刻;爸爸则坐到了一张空椅子上。

我继续用左手吃饭,虽然有点别扭,但我一定要坚持到最后。坚持到底对我来说没什么稀奇,但是用左手吃饭,就比较新奇了。

其实,我们也做不出太多不一样的事情,毕竟我们只能脱掉衣服,却脱不掉皮肤。

我们到底是谁呢?我把它写入了问题手册中。妹妹在问题后面还画了一个问号,虽然画颠倒了。

我知道自己是谁吗?我没有把握。

打雷了。猫把耳朵竖了起来。它讨厌暴风雨,而我讨厌花椰菜。

天空重新变得湛蓝,天地之间只流动着一些清新而透明的空气。弗利夫人说:坏天气?世界上根本就没有这东西。这是她的口头禅,而且也是事实。她每周起码要说一次,而且说的时候总会扮鬼脸,仿佛在告诉我们一个秘密,虽然每次都是同一个秘密。

从前我一直以为,湛蓝就是天空的颜色,现在才知道,它只是看上去如此,我也知道这是为什么了。天空的上面是太空,太空不是蓝色而是黑色的。

"太空"是我所知道的最空洞的词。比"空洞"这个词还要空洞。"丰满"这个词听起来就很满,但还是没有糖渍水果罐满。

妹妹光着脚丫在家门口踩到了一块碎玻璃。她跑回家,跑进厨房,无意中看见地板上留下的血迹,吓坏了。我也吓坏了。妈妈不在家,我不知道她去哪儿了。妹妹越哭越大声。我在她的脚心贴了一大块胶布,但血还是不停地流。她就像一只受伤的动物。我用绷带把她的脚缠得严严实实,可绷带被血染成了红色。我害怕安娜因失血过多而死去。

看着别人痛苦，自己也会感同身受般痛苦。痛苦的人会博得同情，看着别人痛苦的人却什么都得不到。其实，有时候看着别人痛苦比自己痛苦还难受。

安娜坐在厨房的地上一动不动，脚上缠着绷带，一直在抽泣。邻居都不在家。我冲到大街上，正好碰上妈妈从邮局回来。她立马在安娜的脚上套了个塑料袋，就打的去赫斯医生那儿了。

有一天夜里，我肚子绞痛。那种疼痛就像是一个空洞，整个身体都陷入其中，几乎无法思考，连呻吟都觉得痛。

世界上有两种人：男人和女人。妈妈说，只有这两种，而不是三种或四种，因为有这两种人就足够了。他们之间的差别与传宗接代有关，孩子是父母爱情的结晶。

除了你平时看得见的，女人身上没什么特别的部位。男人身上看得见的东西，其实也没比女人多出多少。不过，人的身体上有些部位比较有趣，比如嘴。一张嘴里有许多牙齿，还有一条舌头。除了牙科大夫以外，没人会去看别人嘴里的东西，因为嘴和传宗接代毫无关系。

小女孩罗莎玛丽是我的邻居，我们一起玩过两三次牙医游戏。她不久前刚搬走。玩游戏的时候，罗莎玛丽非常安静，闭着眼睛，张着嘴巴。她的舌头像蜗牛一样柔软，刚开始我还有些不习惯。

妹妹让我也检查检查她的嘴，她觉得这事很好玩。我用手电筒照她的嘴巴，用毛线针轻敲她的牙齿，她咬了我的手指。

当然，女人身上还有乳房。

我们本来就是哺乳动物，只是身上的毛渐渐退化了。残留在脑袋上的毛发还在不断生长，却没什么用处。等我哪天长胡子了，也许会把它留长。

爸爸每天都要刮胡子，他一刮胡子脸就会扭曲。见我在看镜中的他，他就会故意把脸扭曲得更夸张。

镜子里的影像就像他的孪生兄弟。我和镜中的我好像没什么亲戚关系，顶多像表兄弟。镜子里的影像，就像没有敲门就闯进来的人。

一辆警车拐进了我们的巷子。我有点吃惊，雷托更为吃惊。他一边往前推轮椅，一边紧张地说：我们没有犯法！

我问：为什么？

我的爸爸妈妈也没有犯法。他说"犯法"时，发音特别清晰。

对，我说，当然没有。

雷托望着自己的鞋，一看就知道鞋带是大人帮他系的。他喃喃自语道：有没有犯法，只有警察知道。他们怎样才会相信我爸爸不是凶手呢？

孩子可以说是父母种的庄稼。

我安慰他说：警察要是怀疑你爸爸，那他们也可以怀疑任何人，包括你和我。

就是。可他们为什么不这么想呢？

也许他们就是这么想的。

奇怪的是，我突然发现自己喜欢雷托，或许会永远喜欢他，或许是大部分时间。我甚至可以想象他扮成印第安人的样子：他坐在轮椅上向布鲁诺、贝娅特或我开枪。他如果中了弹，就没法倒在地上翻滚，然后装死，这是缺陷。他只能头一歪，把手臂垂下来。这也太不像印第安人了，但他装死的样子比我们逼真得多。

我的第七本笔记

爸爸、妈妈、我和她

　　我们跟着爸爸妈妈去美术馆。妹妹是为了吃美术馆咖啡厅里的蛋糕才跟来的。我是为了这个家。全家人一起出门，感觉很美好。

　　我们站在一幅古老的油画前，爸爸指着画上那个穿黑衣服的小女孩说：这孩子的妈妈死了。女孩站在沙发后面，沙发上坐着一个老太太。我突然非常同情这个女孩。我觉得最令人悲伤的，是她脸上淡定的表情，好像一切都过去了。女孩显得对生活充满希望，肯定是为了让那个老太太高兴。

　　这个女孩应该早已不在人世。我算了一下，我奶奶出生的时候，女孩都已经五十多岁了，当然不再是小孩了。但这并不能使我安心，我反而希望她仍然是个小女孩。真奇怪，当我把这个想法写下来时，竟然加倍惦记她。既然女孩的妈妈死了，为什么还要画下来呢？我不大明白。女孩当时肯定在那儿站了好几个小时，双手扶着椅背，眼睛望着墙壁。

　　当我们坐在咖啡厅时，我忍不住问道：人为什么要画画呢？

　　爸爸一边拈起蛋糕的碎屑，一边点头，他觉得这个问题问得很好。妈妈则在琢磨答案：也许……结果妹妹打断了她的话：妈妈，如果你死了，也会有人画我。我们都笑了，把我的问题给忘了。

　　妈妈说：今天我最喜欢的是那幅窗户半开的画。

　　我不喜欢，妹妹说。她就喜欢唱反调。

　　我不知道我特别喜欢什么，首先我得搞清楚，让人喜欢的都是些什么。为了讨爸爸欢心，我说我喜欢那匹白马，在草原上吃草的那匹灰斑白马。爸爸说他喜欢那幅高山风景画，画上有一道瀑布，瀑布前站着两个小人。这幅画的作者是沃尔夫。爸爸妈妈似乎很熟悉这个名字，谈起这位画家就像在谈一位好朋友，不过没有指名道姓。

　　妹妹把头埋进妈妈的怀里，用鼻音说不想让别人画她。她一不高兴，就会用鼻音说话。

　　那个穿黑衣服的小女孩，视线越过老太太的头，投在对面的墙上，墙上有一扇打开的门。如果她开口，说的应该是法语。我想象着自己从那扇门走进去，只会说 bonjour（你好），别的都不会。那个女孩除了说 bonjour 以外，也不知道说什么好。

我们陪爷爷去森林里散步。我们坐在长凳上休息了两次，好让他抽烟。继续前行时，他夸这儿的空气好。我们爬观景塔爬到一半的时候，爷爷停下脚步，气喘吁吁。我有点担心他。

他是为了让我们高兴才来这儿散步的，我们也是为了让他高兴。有爷爷在身边，森林看上去都不一样，要不散起步来真是既无聊又漫长。

妈妈的心里又有石头了。她站在房间中央，面前的地板上躺着安娜的红色夹克。她只是站在那里，没有把夹克捡起来。这表示此时任何人都不许向她提问。

放学回家，我泡了一壶茶。我们坐在厨房里，她问起我的家庭作业。只有感到哪里不对劲时，她才会关心我的家庭作业。她突然冲我大喊大叫，原来是妹妹被我的书包绊倒了。

然后她说：有时候我觉得心里空落落的，这种感觉让我想离开这里。她的眼神飘忽不定，好像对一切都厌倦了。当然也包括我。

我很难过，很生气，各种感觉交织在一起。我起身想走开，她说：不要走！她直直地盯着我。

你又想出游吗？我问。

她没有说话，可能是不知道该说什么。迄今为止，她每次要出走前，总是很神经质，但今天没有。这可能是个好兆头，也可能是个坏兆头，或者根本就不是什么兆头。

我想起她最近一次出走。她去了法国南部。她走的时候下着雨，回来的时候雨还在下。她先是坐火车，一直呆呆地望着窗外，后来到了海边，站在棕榈树下或灯塔旁。

她乘夜车回到家时披头散发。我很高兴，但也很害怕。我还以为我们失去了她。

你上次去旅行，回来时感冒了，一直咳嗽，我说。

她吓了一跳，可能是正在想别的事。她笑了，然后又哭了，接着擤了擤鼻涕，最后站起身来，捡起了安娜的红色夹克。至少她心里的一块石头落了地。

妈妈心里有一种向往。通常人们感到空虚，又不知该如何表达的时候，就需要这个单词。爸爸跟妈妈谈了谈，她哭了，他没有哭。她还大吼了几次，他没有。他走到靠窗的书桌前坐下，背对着妈妈听她说话。

向往或许是另一种思乡，是另一种牵引。人在思乡时，知道思绪被牵引到了哪里。有很多感触也许就是思乡的另一种表现。

关于黑衣女孩，我可以随心所欲地想象很多。我站在她面前，她看着我。只要我不开口，她就不知道我说的是另一种语言。然后，她开始跟我说话了，给我讲了一个长长的故事，也许向往或许是另一种思乡，是另一种牵引。

是关于她自己的故事。我不停地说：Oui, oui, oui（是，是，是）。她压根儿没注意到我不会讲法语，连我自己都看不出来。我不仅想象了我希望发生的事，也想象了我不希望发生的事。比如，我不希望她觉得我可笑，更不希望她讥笑我。这些念头挥之不去，想来就来，想走就走，我无可奈何。

妹妹很生气，因为她不管怎么问猫，都得不到回答。她跑到妈妈那儿去告猫的状：猫生病了吗？

爸爸刚好走过来，笑着说：这是个好问题。

我不觉得这个问题好，现在还是不觉得。

是不是猫太笨了？妹妹问。

妈妈说：猫看上去不像不知道答案，倒像是早就知道答案了。

妹妹问：是什么答案呢？

爸爸说：这只猫有柔软的皮毛和锐利的爪子，刚刚还在睡觉，突然醒过来了。假设这只猫本身就是答案，那么与它匹配的问题是什么呢？

是老鼠，妹妹答道。

爸爸妈妈笑得合不拢嘴。

假设这只猫本身就是答案，那么与它匹配的问题是什么呢？

有时我感到很快乐，却不知道是为什么。快乐就是这么突如其来。

放学了，我和贝娅特、玛丽安娜一起回家。鞋带松开了，于是我蹲下来系鞋带。在我蹲下来的地方，长着一株灌木。灌木上站着一大群麻雀，叽叽喳喳地叫个不停。我突然听不到别的声音了，耳朵被麻雀的叫声塞满了。我置身在这一片嘈杂的叫声中，却感到快乐，自己快要无法承受的快乐。我跳起来，跑去追赶它们。在我追赶它们的时候，这快乐就变得可以承受了。

我坐在花园的桌子旁，写下一句话：今天是我一生中天气最好的日子。我觉得这是废话，就在这句话下面画了一条线。

妈妈教了我三个法语句子，还写了下来：

Comment tu t'appelles?（你叫什么名字？）

Comment ça va?（你好吗？）

Il fait beau aujourd'hui.（今天天气不错。）

我不断练习这三句话。这意味着，我的脑袋里在不停地重复它们，也就是两耳之间不断有声音重复，就像随身听一样，只是声音来自我的脑海中。

我的第八本笔记

我们在家里悠闲地站着、坐着、四处走着,就像住在同一个动物园里不同的动物。

发生了什么事?我问。

妈妈看上去像是这辈子再也不会回答任何问题。

她交了一个男朋友,爸爸说。

谁?

你妈。

为什么?

爸爸用力吸了一口气。妈妈沉默不语。妹妹不小心把一只杯子碰到了地上。她没有哭,脸上的表情甚至有些淡定。该死!她说。

妈妈把地上的碎片扫干净了。她看起来像在生气,又像受了侮辱,红着脸走进厨房,就没再出来。

妹妹打开电视。爸爸关了电视。该死!妹妹又说了一遍。

一切都是因为妈妈有了一个男朋友!

我想象着妈妈的男朋友：他说的是法语。他很善良，但一眼就看出不是本地人。他来自远方，像个印第安人。

今天的天气简直糟透了，雨从四面八方飘来，街上的行人们只能抓紧雨伞。我半小时前就从学校回了家，可全身还湿得像水獭一样。

生病并不完全像人们想象的那样。有时候根本就不觉得痛，也没有其他感觉，或许只是感到床单上有个褶子。或许还有一种奇怪的感觉，就像被打了一针，刺进了灵魂深处。

我不知道别人是怎样，反正我就是这样。我就像住在衣柜里，躲在我眼帘后面的黑暗当中。我可以听见外面传来的开门关门声、茶杯碰撞声和爸爸、妈妈、妹妹的说话声。

生病并不完全像人们想象的那样。有时候根本就不觉得痛，也没有其他感觉，或许只是感到床单上有个褶子。

我突然听到有人叫我的名字。
妈妈说:我们骑马去美洲吧。
去美洲?我听到自己在问。
我坐在她的腿上。也去非洲吗?又是我的声音。
嗯,也去非洲。
爸爸回家之前,我们能赶回来吗?
不能,我们得在那儿过夜。

然后我们折纸飞机。
妈妈说的是英语,飞行员都这么说。
现在你在云中,爸爸对她说。
她回了个 yes。
有一次她也说了 oui,或许是对她的印第安朋友说的。

有人在谈论灵魂,关于雪的灵魂。
妈妈说:它会飘走的,它会飘走的。

谁？我听到有人在问。问的那个人是我吗？也许我正在做梦。爸爸妈妈和我在梦中相遇。

他们低头看我，看我躺的床，看我枕的枕头。他们看到我跟平时不一样，很是担心。谁要是跟平时不一样，不是少了点什么，就是多了点什么，爸爸说。

有人用我的声音说：别的小孩也怕被嘲笑。这声音听起来特别响，就像从收音机里传出来的。别的小孩也会想象一些令他们害怕的事；别的小孩也会在马桶上突然感到难过和失落；别的小孩也会想，自己和其他小孩不一样。

然后，爷爷祝我早日康复，妈妈替我表示感谢。其实，我一半是真病，一半是装病。我这样做也是为了爷爷。他来就是因为

我病了，还送上了祝福。

安娜送给我一个礼物。她从抽屉里拿出一张彩纸，包了一个娃娃送给我。我打开礼物，对她说谢谢。我用同一张彩纸把笔盒包起来，还用带子打了个蝴蝶结，回赠给她。她对我表达谢意后，想把蝴蝶结解开，但没有成功。她就生气了。

没有蝴蝶结照样可以玩交换礼物游戏，我说。

但她不愿意，因为蝴蝶结或彩带是游戏的一部分。

只有小孩才会这样。

我玩着玩着就在彩纸中睡着了。我醒来时，安娜说：下雪了！

用法语说的话，女孩是 la fille，黑色是 noir。我对那个黑衣女孩说：Il neige（下雪了）。Oui（是的），她答道。现在我们可以稍稍交流一下。

白色是 blanc。

我坐在屋子里，百无聊赖。我的病已经好了，但仍然觉得迟钝和疲乏。我还得适应一下，才能恢复常态。我看看爸爸，他正望着一只停在窗台上的苍蝇。苍蝇飞走以后,他就望着窗外积满白雪的花园。妈妈翻开一本书,然后把书放在爸爸的背上,开始朗读。她笑了。房间里满是白雪反射的亮光。他们俩的表情完全不一样:爸爸脸色苍白,淡漠而忧愁;妈妈脸色红润,宛如新生。她看着爸爸,期待他的脸上也露出笑容。我想象着自己的表情,应该是一副沉思的样子,连耳朵都不例外。

我觉得越来越疲乏。我的脑海中出现了 fille、noir 和 blanc 几个法语单词。

疲乏也是一种幸福。这时可以慢慢地忘掉一切,一个接一个。或许只会留下一个词——blanc,最终连它也会消失,就像心中的光全部熄灭。这时只能感到脑子里名字原本占有的一席之地。

人们很容易想出某样东西的反面:白对黑,大对小,老对少。不是所有的东西都有反面,但是很多都有。我就想不出妈妈的反面,也想不出猫的。为什么会这样?这肯定是一个能让爸爸兴奋的问题。

今天是我的生日。我闭着眼睛在床上躺了很长时间,想象我出生时的情景,以及第一天的样子。我问自己:白天是从哪里来的?黑夜又去了哪里?一个光明的世界,就像摆满床铺的房间。许多东西都会投下阴影,只有太阳不是投下阴影,而是投放光明。

然后我开始想象每样东西的反面。如果没有反面,那就得从头开始想。事情是这样的:

我来到这个世界时,世界还一无所有,四周一片空旷,辽阔无垠。我不知道自己站在哪里,也看不到任何东西。我甚至不知道自己是站着还是躺着,因为当时还没有大地。我不知道自己是在游还是在飞,因为没有水。至于空气,刚刚才由一阵风送来。我开始呼吸。我觉得有点不对劲,但我不知道是什么。突然,我的脚下出现了一片大地,我松了一口气,认为这就是原因。这应该就是世界了。

我站在由石块和沙土组成的大地上,还算满意。可我突然觉得口渴,幸好在我快要渴死之前,乌云飘了过来,开始下雨了。然后是饥饿。幸好我及时走到一个地方,这里长满了野莓。我能看到野莓是因为有了光线。然后是孤独。是哪里不对劲呢?很不对劲。那种感觉很像肚子饿,所以我吃了野莓,但立马就吐了出来。不对！不是肚子饿。我感到很悲伤。我很绝望，但还没失去希望。希望一直都在，现在我十分十分需要它。这时，我看到地平线上突然出现了两个人和一只小动物。他们越走越近，原来是爸爸妈妈和我们的猫。

就这样，世界变得越来越完整了。可我还是觉得这个世界不对劲，少了点什么，像空气、大地、雨水、阳光一样重要的东西。不可能是安娜，因为这时她已经来了。当然，她的出现也让这个世界更加完整了。

大海在哪里

大海在哪里

237 大海在哪里

大海在哪里

在那里哥伦布曾寻找印度,
在那里巨轮沉没倾翻,
在那里不必眨眼,
鱼儿就会跃入眼帘,
在那里就像面对月球表面,
在那里月亮就像夜空中的一枚蛋。
到了那里顿时感到茫然,
不知是否应该折返,
欲舍欲离却又于心不甘,
只因那里景色奇美,
却又令人毛骨悚然。

游 子

  有个男人在田间劳作，日复一日，十分艰辛。有一天他终于受够了，准确地说，是厌倦了这样的生活。他望了望灰蒙蒙的天空，像小屋的天花板低低地悬在头顶，再转头看了看在一小块耕地上挖小土豆的邻居们。这个男人想，别的地方肯定不一样。他在脑海中勾勒出了不一样：更大的耕地、更大的土豆和更大的幸福。于是，他决定外出游历。

  我走了！他边喊边挥手道别。

  邻居们惊讶地站起身来，目送他离开，直到他的背影消失在铁路尽头。

  他就这样一去不回了吗？

  不，三年以后，游子又出现在铁路尽头。

  村里还是老样子，一成不变，同样的耕地，同样的土豆，同样的幸福。

  你去哪儿了？

游子答道：我去了朝阳之国、胡椒之国、安乐国、懒人国、美食国，以及外国。其中最大的国家就是外国。

那儿的土豆怎么样？

巨大，游子说。

像电视上看到的那样吗？

游子笑了：电视屏幕根本装不下。那里的豌豆比我们的樱桃大，樱桃比我们的番茄大，番茄比我们的甜瓜大，甜瓜比我们的南瓜大，南瓜比……

比我们的巨型南瓜还大吗？隔壁的一个女孩问。

是的，超级大的南瓜。游子说，我本想给你们带一个回来，可是——

只有巨人才搬得动，女孩接着说。

我去过一个国家，那里有很多好吃的，多到我的视线常常被挡住。游子继续说，荷包蛋就像一张大荷叶，能把你从头到脚都包进去。鲸鱼排骨、香肠串就像一列列火车。

那你怎么没吃胖啊？有人发现。

游子确实瘦了许多。我去过一个地方，那里什么吃的都没有，他说，真的什么都没有，只有空盘子。

连土豆都没有吗？另一个人问。

没有。

是没有还是很小？

是没有。没有白菜，没有青菜，没有奶牛，没有猪，没有母鸡，没有雪鸡，没有雪，没有雪人，没有男人。

那么女人呢？

有女人。游子说，除了女人，什么都没有。

我去过一个地方，那里只有孩子、猫和兔子。他们靠吃草和萝卜度日。

我去过一个地方，那里的孩子都被赶走了，因为孩子被那儿的人视作祸害。

我去过一个地方，那里只有石头。有些石头会说话，有些石头会听人讲话，还会点头或摇头。石头说的话，都毫无意义。那

些没有说出口的话，我猜应该也没什么意义。

我去过一个国家，大得像一片海。另一个国家，小得像一个衣柜。还有一个国家在水里，建在海底的岩石上。

我去过一个地方，那里的空气很稠，就像我们的水，人们可以漂浮在上面游泳。那里的水则很坚硬，就像我们的泥土，鱼儿得用鳍挖通道才能前行。

那人们靠什么生存呢？一个女人问。

那里的空气就像肉汤。一切都很有营养，包括爱情、欢乐、友谊和悲伤。

我碰到过一群人，他们无所事事，只是坐在那儿傻等。

等什么呀？

我不知道。应该是什么庞大的东西吧，很长，很宽，很高。可能还有浓烈的香味。

我碰到过一群人，他们靠吃苹果生存，吃红苹果、绿苹果和黄苹果。

我碰到过一群人，他们没有脚但有鞋，没有屁股但有裤子，没有头但有帽子，没有手指但有手套。还有一群人，胸前挂了一个皮口袋，里面隐匿着他们的灵魂。

我碰到过一群人，他们能说四种不同的语言：男人的语言、女人的语言、狗狗的语言以及孩子们在学校里学的语言。

我碰到过一群人，他们不说

话,但心跳的声音很大,在百步之外就能听到。

我碰到过一群人,他们说英语。

我碰到过一群人,他们会造大船,想去发现美洲。他们不知道,已经有人走在了前面。

我碰到过一群人,他们住在高高的木杆上,他们的祖先是为了躲避恶狼才逃上去的。还有一群人,在鸡窝里过夜,并且下蛋。

游子停顿了片刻,喘了口气。

下的是鸡蛋吗?有人问。

就是普通的鸡蛋,他回答,偶尔也会有一枚彩蛋,就像复活节彩蛋。

我碰到过一群人,他们不知道从何处来到何处去,不知道身在何处,甚至不知道自己的名字。他们的身体是透明的,到了夜里会微微发光。

我碰到过一群人,他们害怕在山上遇到一位巨人。而另一群人,却害怕在山上遇不到那位巨人。

我碰到过一群人，他们可以读懂别人的心思，就像看了别人的日记。他们可以把坏的想法删掉，把好的想法变得更好。

我碰到过一群人，他们有两个影子：一个逆光，一个顺光。

我碰到过中国人、伊罗克人、巴厘人和巴塞尔人。

我碰到过一群人，他们整天都在闻玫瑰花，假如有人突然打搅，他们简直要被吓死。

游子看了看四周，笑了笑：我碰到过一群人，他们在一小块耕地上挖小土豆。

那你为什么要回来呢？隔壁的女孩问。

就是为了给你们讲我都去了哪里，看到了什么。

你讲完以后，是不是又要走啊？

我永远都讲不完，游子说，而且家乡的土豆沙拉比其他地方的都好吃。其实是因为他喜欢上了隔壁的那个女孩，准确地说，是很喜欢。虽然他没有说出口，但旁人已有所觉察。

如果这个游子现在走进来，您能认出他吗？

不能。

我觉得，他应该有点跛。如果一个有点跛的人现在走进来，我就会说：你好，旅途还愉快吧？如果他只是轻描淡写地说一句好或者不好，那我就知道他不是那个游子。

会走路的大拇指

这是去蓬泰托的路吗？从马塞拉过来的大拇指问。

是的，一直往前走就到了，有人回答。

大拇指沿着这条路走，最终果然到达了蓬泰托。当然，它比一个完整的人要晚很多。毕竟它只是一根大拇指，走起路来确实很艰难。

让人讶异的是，一根大拇指竟然会走路。人们不禁要问：它去蓬泰托干什么呢？

寻找无聊的小女孩

    有个小女孩只知道有趣,不知道无聊,即使下雨天和礼拜天也不例外。于是,她决定去寻找无聊。

    她首先去街头售货亭,向那位老打哈欠的女人打听。

    无聊刚才还在这里,要不你等一会儿,他马上就会回来的,女人回答。

    小女孩一边乖乖等待,一边看女人工作。只见她灵活地数钱、找钱,手指在钞票和抽屉上翻飞,欢快得就像在演奏一件乐器。可是,无聊没有回来。

    或许他还在路上吧,小女孩说。她说了声谢谢,就离开了。

    她边走边想,要是我在路上巧遇无聊,怎么认出他呢?

    小女孩看见一个穿着橘色工作服的男人正在爬梯子,就上前问道:请问无聊长什么样啊?

    这个我可以告诉你。男人说,首先他很长。

    大概有多长啊?

可能到了世界的尽头。

那么其次呢？女孩问。

男人又往上爬了几梯：其次，他是浅灰色的，多少有点浅灰吧。

多少有点浅灰，小女孩重复道。

小女孩今天碰到的东西，浅灰色的不少：一条街、一只兔子、一条裤子、几面墙，但是都不够长。小女孩走过一条又一条小巷，穿过铁路的地下通道，没有找到一样东西符合条件。

她继续往前走。

她走过一片又一片田野，然后沿着一条河前行，来到一棵杨树旁。她顾不上歇息，不停地走啊走，一直走到了世界的尽头。

无聊远远地就看见小女孩正在走来，等她靠近了，他才问道：你是薇拉吧？

　　薇拉停住脚步：你怎么知道我是薇拉呀？

　　我一看就知道。

　　薇拉从头到脚仔细打量着无聊：我可不能一眼就认出你。你是很长，也多少有点浅灰，但是除此以外，你还相当——

　　相当什么？

　　小女孩张开嘴，却说不出话来。她开始不停地打哈欠。

地 毯

有一张地毯,一直躺在一张桌子和四把椅子下面。它要做的事不多,平平静静地躺在那里,就是唯一的工作。年复一年,它一直干得不错。在一个晴朗的早上,它终于厌倦了,扔下桌子和椅子去了火车站。它想买一张火车票。

售票员问:您想去哪里?

去罗马,地毯回答。

售票员给了它一张行李票,说这样比较便宜,而且正好适合它。就这样,地毯坐上了行李车厢。途中风太大,地毯着了凉。

到了罗马,它在火车站对面找了一家旅店。老板给了它一间小小的储藏室,小得连身子都没法伸直。它咳了一晚上。第二天早上,它虚弱得差点起不来。它告诉自己:与其在这儿躺,不如回家躺。

回家之前,它买了一张有罗马火车站图像的明信片,在上面写道:现在我在罗马的火车站。这趟旅行很便宜,但是很不好玩。

它会把明信片寄给谁呢?

寄给桌子和椅子。它们在等它回来,渴盼四条腿重新站在它上面,就像在牧场上吃草的奶牛那样。

我们去过海边

　　我和那个人去过海边。那是无穷无尽的咸水的发源地。我们肩并肩站在海边。你看！那个人对我说。其实这完全是废话，因为我正在看大海。

　　我是母猪一头，
　　那个人是滑头，
　　大海真的很遥远，
　　远离我们的视线。

　　大海之所以遥远，是因为我们常常用脚丈量这长长的路程。啪嗒，啪嗒，啪嗒，啪嗒，真是个美好的日子！
　　大地在我脚下，蓝天在我头上，天地之间那个灰色的身影就是我。空气里散发着清晨的味道，夹杂着薄荷和青苔的清新。
　　我路过那个人的家，他正在门口伸展四肢，挺身、弯腰、挺身、弯腰。

　　劳驾，请问从这儿能去海边吗？我大声问道。

　　你去海边干什么呀？那个人气喘吁吁地问。

　　我也不知道。我只是想，这辈子无论如何得去一次。

　　是去看海吗？他又问。

　　是的，我答。傍晚时分，夕阳西下，余晖把白云染得红彤彤的，大海被映照得相当相当——

　　我也听说过，他说，我还是和你一起去吧。

　　于是，我们结伴同行，啪嗒，啪嗒，啪嗒，啪嗒。道路越走越低，太阳越升越高，天气越来越热。我在潮湿的草地上打了个滚。我问他：你确定大海在我们前方，不在我们身后吗？

　　是的，百分之百确定。那个人回答，我们身后是高山，你在山上看到过大海吗？

　　我从来没有看到过大海。

　　我也没有。但我想，大海应该在山谷下面，这样水才能汇聚起来。

　　没错，其实我也应该想到。

　　路又窄又陡。我们只能一个走在前面，一个跟在后头。

　　他指着一个深深的峡谷说：你看！

然后我们继续前行。

我们的影子越来越长。其实,是他的影子很长,我的影子则很宽。

我们躺在一棵树下,树梢上挂着一轮明月。夜里,黑色的树影开始摇晃,沙沙作响。我们不知道该不该害怕。我有一点害怕,又好像不太害怕。沙沙声无处不在,连我的耳朵里都不例外。

就像大海,我心想。

就像大海!那个人喊道。

第二天早上,他一边伸展四肢,一边喘气。天空下起了蒙蒙细雨。我们在雨中继续前进。啪嗒,啪嗒,啪嗒,啪嗒,迈着我的四条腿和他的两条腿。

在下一个村庄或再下一个村庄的集市上,我吃了一根萝卜和一些枯黄的菜叶。他喝了一碗牛肉汤。我不想听他喝汤发出的怪声,就吧嗒吧嗒使劲啃菜叶。

你吧嗒嘴的声音太大了,他说。

你喝汤的声音也不小,我喊道。

那又怎样?他吼道。

我懒得开口。

雨还在下。那个人只知道两种天气:好天气和坏天气。下雨属于坏天气。

我们继续往前走,啪嗒,啪嗒,啪嗒,啪嗒。羊群般的乌云压在我们头顶,谁要是养这么一大群羊,肯定会被累死。

到了晚上，那个人想找个干净的地方睡觉，我们就在一家旅馆要了一个房间。

　　我在地毯上找了个舒服的地方躺下来。他躺在床上，打开台灯看报纸。

　　他半夜醒来，迈着大步从我身上跨过去，接着我听到他撒尿的声音。

　　我们之间好像有什么地方不对劲。我感觉我的灵魂好像在萎缩。

　　第二天，我醒来时，他已经不见了。不在床上，不在浴室里，无影无踪。我独自走出旅馆，幸好我的脚还认识路。头顶的天空灰蒙蒙的。雨虽然停了，但空气中仍然弥漫着雨和土的味道。那味道有点像酸梅。

　　大地平坦如桶底。这里的水不会流动，只是积聚在草原四周长长的沟壑里。

　　我问一位农妇：劳驾，请问从这儿能去海边吗？

去海边？她好像没听懂。

是的，去海边！我大声回答。

她不知道。

在她身边吃草的牛抬起头，看了我一眼。我对农妇说了声谢谢，向牛挥了挥手，继续往前走。

路似乎永无止境。电线杆成排地站在那里，越来越高，树木也是如此。火车从天的这一边驶向那一边。

头天晚上,我梦见了那个人。你看!他在梦里说。后来我就不记得了,也许根本就没有后来。在梦里我很喜欢他。后来我们又见面时,我才发现,在梦外我还是喜欢他。但在此之前,是漫长的黑夜。

在黑暗中,我来到一个亮着灯的加油站,找人打听去海边的路。他们知道很多条路,可以走岔路,可以抄近路。他们把我说糊涂了。我继续往前走,脑袋和肚子一样空荡荡的。左后腿很疼,我就在路边坐了下来,居然睡着了。

一辆公共汽车停在我身边,喘了一口粗气,我这才醒来,发觉天已大亮。一个女人往车上挤,我紧紧跟在她身后。车上弥漫着人和香皂的味道。

某一站之后,有人突然站到我身边。正是那个人。他风尘仆仆,沉默不语。他拉了拉我的耳朵,我们都很高兴。我们一起在终点站下了车。

现在我们需要一杯咖啡,他说。他走在前面,穿过广场。教堂的钟声响了,声音很大,震得我的脑袋也跟着晃。

教堂前的台阶上,站着一群来参加婚礼的人。穿着洁白婚纱的新娘指着我,兴奋地大喊要跟我合影,说是这样可以带来好运。

她邀请我参加婚宴，当然还有那个人。我们吧嗒吧嗒尽情吃喝。

当我们又回到路上时，那个人唱道：

你是母猪一头，
我在大叫大吼，
大海真的很遥远，
远离我们的视线。

天很黑，我几乎看不见那个人，只能听到他的声音，闻到他的味道。
我们继续往前走，啪嗒，啪嗒，啪嗒，啪嗒。
你的脚怎么了？他问。
我们坐了下来。那个人从提包里拿出一管药膏，帮我抹在左后腿上。他抬起头来，望着夜空说：你看！繁星满天，一闪一闪地眨着眼，有些靠得很近，形成一个个图案。他指给我看大熊星座和小熊星座，我觉得它们俩都不太像熊。
可能是特殊的熊，比如稀有的或者已经绝种的熊，他解释道。
我说：小熊星座看上去更像猪，一只小猪。他表示同意。
啪嗒，啪嗒，啪嗒，啪嗒，两天以后，我们来到一座小山丘前。大海终于出现，横在我们眼前，夕阳映红了海面。我们奔向海滩，我们遥望大海，我们一直肩并肩。

我是母猪一头,
那个人是滑头,
大海就在眼前,
温暖而无忧。

他说:你看!
天色渐渐变暗,
大海渐渐变得慵懒。
我和那个人终于有了体会:
大海确实相当相当——
但也有一点乏味。

鲸

从前有一头鲸。

为什么偏偏是一头鲸呢?

嗯,也可能是一头狮子、一只狐狸、一头毛驴、一匹狼,甚至很多匹狼、一大群狼,或是一群鸟。还可能是一个男人、一个女人、一个孩子。反正,从前有一只动物。

或者是好几只!

对。但这次正好是一头鲸,一头须鲸,一头老须鲸。

只有一头吗?

对。当然会有许多头,但这次就这一头。

他在干吗?

他在唱歌。

我可没想到,他竟然会唱歌!

对,他会唱歌。他喜欢在大海里游泳,也喜欢唱歌。

然后呢?

他边游边唱,逍遥自在。哇!他的歌声——

怎么样?

深沉而悠扬。

你听过吗?

没有。我只听过这个故事:从前有一头老须鲸,喜欢一边游泳一边唱歌,而且他的歌声——

怎么样?

深沉而悠扬。

另一头鲸

另一次,是另一头鲸。他虽然也爱唱歌,但老是跑调。为了不把兄弟姐妹们吓跑,他只有在独处时才放声歌唱,其他场合总是缩手缩脚。平时他常常保持沉默,因为即使最简单的句子,比如一路顺风、祝你好运,都藏匿着阴郁和沉重。

于是,另一头鲸向来一言不发,只是静静地游弋。很多鱼都以为他是个哑巴,甚至又聋又哑。鱼儿们见到他就摇摆鳍表示问候,或者用嘴轻轻撞他,表示明白他的心声。

在这片宁静的大海里,有这样一只动物,非常喜欢另一头鲸的声音,喜欢听他说一路顺风、你好或者再见,觉得很动听。这只动物是一头雌鲸。虽然另一头鲸的歌声肯定可以温暖雌鲸庞大的心,虽然那些歌都是给雌鲸唱的情歌,但他只在独处时偷偷地唱,所以雌鲸并不知道他的心意。另一头鲸也不知道雌鲸对自己的爱慕,胜过大海中的一切,因为雌鲸在他面前也沉默不语。他

大海
在哪里

们跟着鱼群顺着洋流游泳。他们随波逐流，在梳理海草的浪花上畅游。雌鲸很喜欢另一头鲸的无言和深沉。

这是非常特别的，他们可以一同感受大海的宁静。而在雌鲸的沉默中，另一头鲸仿佛听到大海在轻轻吟唱。他们在大海里并肩同游，摆动着短短的鳍，眨巴着小小的眼睛。多么美好，又多么悲伤呀！有时是她，有时是他，有时是两者同时落泪。她没有察觉他的忧伤，他也没有察觉她的凄迷，因为流下的眼泪很快就和大海融为一体，而且尝起来也跟海水一样咸。

尽管如此，这仍然是一幅美丽的画卷：两个庞然大物，身长均超过25米，体重均超越16头大象。他们的身体里可以容纳巨大的痛苦，当然还有快乐。而这一切，都发生在一望无际的蓝蓝大海里。

海蜗牛

世界上有海鳟鱼、海梭鱼、海龟、海鳗、海蜥蜴。美人鱼只出现在童话里。美丽的海天使生活在寒冷海域的冰层之下。它晶莹剔透,挥着透明的翅膀在水中徐徐飘动,像浮在半空中的天使。海天使极其少见,海蜗牛却比比皆是。

海蜗牛有个外壳,那就是它的家。与陆地蜗牛相比,它们的外壳要坚固许多,却同样狭小,把身体满满地塞进去,就像挤在罐头里。这个家当然没有椅子可坐,也没有床可躺,因此也不好说它们究竟是坐着还是躺着。其实也没人会问这样的问题。

　　海蜗牛在这个家里觉得很安全，从不觉得孤单。只是，想见朋友时，它就得爬到外面去。

　　海蜗牛周五晚上没法外出狂欢，平时不能去度假，也不能去报亭取报纸，除非背着自己的家。它们从来就不知道，不随身携带全部家当怎么过日子。

　　海猫生活在洞穴中。海豚鼠喜欢待在儿童房里。海辣根与海无关，只能在花园和商店里找到。它们的名字里虽然都有海，但是大海里没有它们的踪影。你说这是什么道理？

　　与海有关的东西还真不少：海狗、海狗皮、海狗猎人、海鸥、海蛇、海星、海胆、海葵、海鳗、海参、海盗、海马，还有海草。

数字女孩

巴勒莫有一个女孩，一出生就知道所有的数字，连很长的数字都不例外。她刚来到这个世界，就开始用数字记事，每个数字代表不一样的事物。1是助产士，2是床，3是妈妈，4是亮光和惊奇，5是空气，6是皮肤湿冷，7是温暖的毛巾，8是摩托车的吼叫，9是自己的号哭，10是安静，11是肚子饿，12是妈妈的一个乳房，13是吃奶和快乐，14是妈妈的声音，15是妈妈的另一个乳房，16是打奶嗝时奇怪的感觉……211到215是各式各样的阿姨，216是她们的大声道喜和祝福，217是恶心。然后一再出现已知的事物，如9、12和14。接下来的218是奶奶，219是另一个奶奶。爸爸被分配到的数字是321，这表明他是个和蔼可亲的爸爸；凶神恶煞的爸爸只能排到很后面，那个数字可就长了。女孩睡着之前已经编到了587，指的是护士的眼镜。她忘了编睡觉。

这些数字就是女孩的语言，她从来不学其他语言。她的爸爸妈妈知道3和321分别代表谁，也知道7533828指的是比萨。他们不必操什么心，女孩也不必担忧。她不认识自己的名字，没人在意。就算有人叫她的名字，也没人回答。大家也就不再喊她了。

　　她无论去哪儿，脑袋里都装着满满的数字。她最喜欢的数字是0，因为这是最开头的数字，比助产士还靠前。0这个数字她一直没用，圆圆的，空空的，就像一只日夜圆睁的眼睛。

　　数字女孩，可以给你和我编个号吗？

　　可以啊。她真的这样做了。我们是688517621和688517622：两个陌生人。

十二个月

　　月份虽然一共是十二个兄弟,但他们都觉得很孤独。一年到头,每次只有两个兄弟有机会短暂碰面,而且还是在漆黑的午夜。他们当中一再有人提议,希望大家能找个时间好好聚聚。为此,他们不断地相互写信,可就是找不到一个日期,适合所有的兄弟。有的觉得夏天太热,有的觉得冬天太冷;说是一起吃芦笋,结果只有三月、四月和五月表示同意;说是一起放风筝,结果只有秋天的月份表示支持。所以,十二个兄弟直到现在都没聚成。

　　过去,一年有十三个月。据说有一次,由于汽车抛锚,或是感冒,或是自己糊涂,第十三个月迟到了。等他赶到时,一月已经取代了他的位置。

大海
在哪里

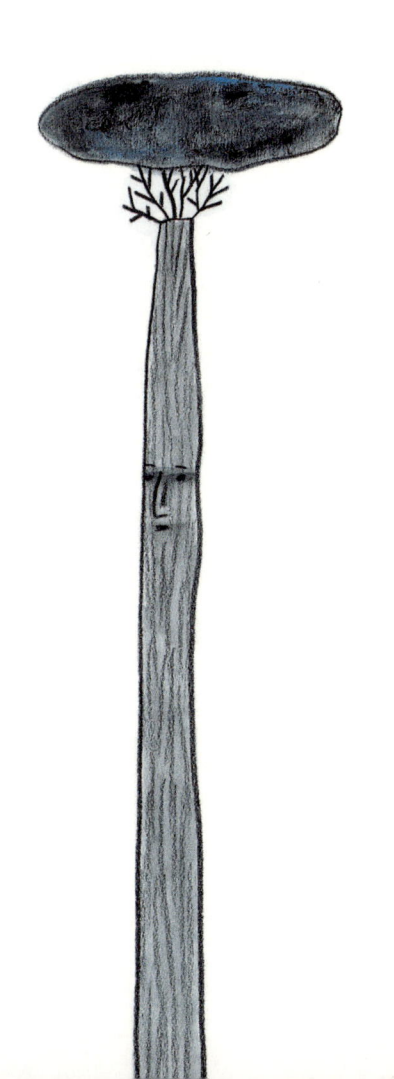

月份的名字大都很独特：比如一月（古德语称其为冰月）、四月（复活月）和十一月（雾月）。可月份本身并不像它们的名字那样独特。如果我有一只驯顺的乌鸦，就会给它取名一月。二月可以是一棵树，又高又秃，只在高高的树顶有一撮枝叶。

洛 蕾

　　有个女孩住在汉堡,名叫洛蕾。一个下雨的午后,她背着书包走在一座桥上。她边走边东想西想,为了想清楚一些,就停下了脚步。她靠在湿漉漉的桥栏杆上想:现在是下午。汉堡的天空正飘着雨。我站在一座桥上。我背着书包,一会儿要去上钢琴课。我是一个女孩,名叫洛蕾,常常思绪翻飞。
　　洛蕾继续往前走,边走边对自己说:没错,就是这样。
　　后来,洛蕾对钢琴老师说:一个女孩可能会被雨淋湿,但她的名字永远不会被淋湿。

别烦我

她的小弟弟正在穿衣服。他刚把裤子提到屁股上,就一屁股坐到了床上。

怎么了?姐姐问。

我讨厌穿衣服,弟弟答。

你会着凉的,姐姐说。

我无所谓,弟弟说。

那可不行,姐姐说。

别烦我,弟弟说。

别说傻话,姐姐说。

他把头埋了下来,埋得很低很低,低得好像马上就会从脖子上掉下来了。如果不是姐姐一直劝说,他就什么都不做,只是坐在床上;如果姐姐不停地劝说,他也什么都不做,还是坐在床上。每天都

有他讨厌的事要做，他干脆就不做，也许永远都不做了。昨天是刷牙；前天是系鞋带；三天前是吃黄油面包；明天可能就是脱衣服、淋浴或看电视了。

在她的想象中，和弟弟一起生活，是另外一副样子。现在她已经知道是怎样的生活了：兴奋、紧张，但很美好。

当世界还不存在的时候

　　从前，当世界还不存在的时候，到处都是空地，没有篱笆，也没有围墙。人们可以随心所欲地走来走去。其实也不能叫走，因为当时还没有地面。但人们可以移动，比如飞翔或飘舞。人们不会被别人乱扔的东西绊倒，比如鞋、书包什么的，因为那时候还没有这些东西。最重要的是：当世界还不存在的时候，人们至少还拥有安宁。没有人想干点什么，也没有人想说点什么。就像电台和电视台什么都不播放，只有咝咝声和屏幕上的雪花。只不过那时候还要安静一些，没有咝咝声，也没有雪花。

　　当世界还不存在的时候，人们也不需要戴太阳镜。不管白天还是黑夜，周围永远是漆黑一片。应该说，只有黑夜和黑夜。很黑，黑得伸手不见五指。那时候其实没有手，没有眼睛，没有可看的人。除了笼罩一切的虚空以外，什么都没有，包括最远的边缘。当世界还不存在的时候，实际上连边缘都没有。

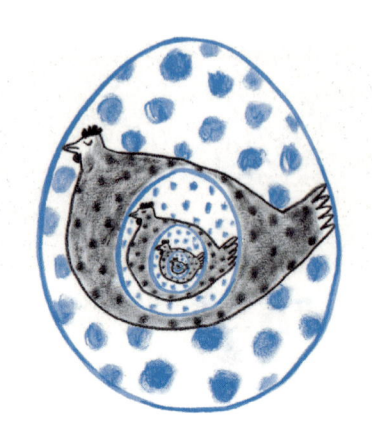

可惜的是,人们没法去还不存在的世界,否则肯定愿意永远留在那里。人们可能从来没有想过:一个世界必须从一粒种子、一颗坚果或是由一只黑鸡生的黑蛋开始,才能慢慢形成。

黑蛋也有它自己的故事。你想听吗?

不想。

这个故事很美,是我听过的最美的故事之一。故事是从黑暗中开始的:从蛋的中央开始,蛋在母鸡的肚子中央,而母鸡蹲在黑暗中央。

我不想听。

一天晚上……

不听!我不想听!

密　斯

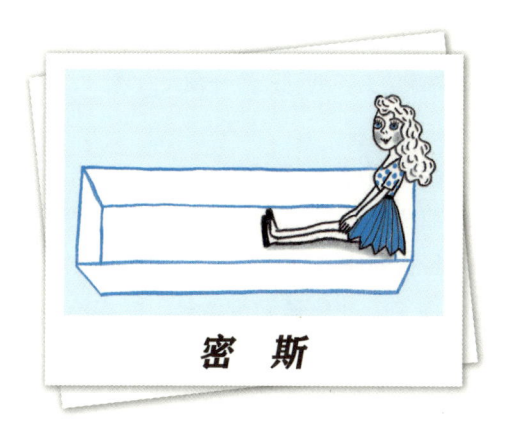

  我有一个金发的玩具娃娃，刚开始妈妈不怎么喜欢她，因为那是爸爸送给我的礼物。娃娃会眨眼睛，但有只眼珠偶尔会卡住。这是一次意外造成的。她会哭，还会尿尿，有一段时间甚至会长大。我们都没有想到她会长大，制造她的厂商可能也没有料到吧。
  我把她从包装盒里取出来时，她叫了一声：啊！是的，她会叫。她穿着一条蓝色的短裙、一件有圆点图案的上衣。盒子里还有一张可以当浴缸用的小床、一把小椅子和一把小梳子。我给娃娃取名"密斯"。妈妈叫她"我的小甜甜"。
  密斯不断长大，就连夜里都在长。她很少尿尿，但是常常流泪。虽然她在长大，但是小床、小椅子和小梳子没有跟着长，还是原来那样。我本来还想让爸爸妈妈给密斯买网球装、网球鞋和网球拍，现在我放弃了这个打算，因为很快就会不合身。
  我跟她说：密斯，你得注意了。你不停地长，就像——
  密斯问：像什么呀？这时她已经会说一些话了。

我也不知道像什么，就说：像一颗大白菜。

啊！她说。

我发现，密斯没有听懂我的话。

我想的是菜园里的白菜，她可能以为是餐盘里的白菜沙拉，可餐盘里的白菜不会再长大。

她在对我微笑。她总是面带微笑，就连流泪的时候也不例外。

不久以后，密斯就长到超过我的膝盖了，我不知道该给她穿什么。

半年以后，她已经长到和我的肩膀一样高。

我给她穿了一条棕红色丝绒裙，那是我穿过的裙子，现在已经太紧了，应该说它从来没有宽松过。只有妈妈强迫我穿着去照全家福时，我才会穿它。当时爸爸还没有离开我们。所谓的全家福就是妈妈照相时，照片上是我和爸爸；爸爸照相时，照片上就是我和妈妈。我们仨从来没有同时出现在一张照片上。那条棕红色裙子背后有一条拉链,我根本不需要拉上,反正照片上也看不出来,只能看出是个胖姑娘。

密斯穿这条裙子很好看,她穿什么都好看。她没穿衣服的时候光溜溜的,就像一条没有鳞片的鱼。

既然她已经能穿我的衣服,而且这几个星期都在我的床上睡,那她也可以和我一起上学。这是我的想法,我告诉了她。

好吧,密斯表示同意。

于是,我们一起去上学。她开始看书和写字。

体操不是她的长项。她手长脚长,不太灵活,用来做体操也有点可惜。

她算术也不行。听到3×8=24,她问:24个什么?

什么都行,老师说,比如猫。

密斯笑了。她会流泪、尿尿、说话,还会笑。24只猫?她喊道。这么多猫都得喂和抱?密斯又笑了,那我还不如养一只狗,只养一只。

老师说:跟猫和狗都无关。

那我可以问问跟什么有关吗?

只跟数字有关。猫是用来做例子的,你也可以用手指举例。

24根手指?我哪儿有那么多手指呀?密斯看了看自己涂了指甲油的手。她毕竟不是小孩,从来就不是小孩,她是苗条的美女。棕色的皮肤,红色的嘴唇,蓝色的眼睛,以及小小的鼻子。

老师大笑，密斯没笑。

回家后，她躺在床上，就像一般的娃娃那样，闭上眼睛，眼泪就从眼帘下流了出来。她的眼泪不是咸的，这我知道，因为我尝过，但泪水确实是她的。我递给她一块手帕。

你是不是觉得我很奇怪？她问，身体晃了一下，睁开了蓝色的眼睛。她坐了起来，两条手臂向前伸着。

是的，我答。

还有呢？你还有什么感觉呢？

我觉得你好看。

很好看吗？

你很瘦，我很胖，我说。

密斯点点头。我长得好不好看，密斯压根儿不在乎。我很想哭，但是我没有，我的手帕早已被密斯的眼泪打湿了，而且我也饿了。

我和妈妈吃饭的时候，密斯总是坐在我们身边。密斯不吃东西，只喝饮料，这样她才可以流泪和尿尿。如果她喝的是可乐，她的泪和尿就是可乐。我试过给她喂东西，一次是麦片粥，一次是酸奶，一次是巧克力，但每次都只是把她的嘴塞满。密斯不会咀嚼，也不会吞下去，她不知道该怎么吃东西。有一次我演示给她看，她就含着满嘴食物哭了起来。她那口洁白的牙齿只是为了美观，以及发出S的音。我的名字里有两个S，我叫苏珊。

每到星期六,爸爸就会来接我们出去玩,去游泳或是去看电影。密斯每次都跟着去。她不游泳,只是躺在泳池边晒太阳。我爱游泳,她只能看见我的脑袋露在水面上。脑袋是我全身最好的部位,或者说是最出色的地方。我身上也许还有很多出色的地方。

　　密斯去哪儿都免票,只需让售票处的工作人员确认她是一个玩具娃娃。大多数情况下他们会进行一番考察。

　　玩具娃娃?一个会说话、会笑的玩具娃娃?电影院的售票小姐一脸的不相信。

　　什么?她说话了吗?我喊道。

　　爸爸也喊道:什么?她笑了吗?

　　密斯摇摇头,像是在说:没有!真的,我一个字都没说。

　　您可以捏捏她的胳膊,爸爸建议。可售票小姐不愿意这么做。

　　您试试吧!爸爸边说边把密斯推到售票的窗口前,售票小姐只需把手伸出来就能碰到。她捏了捏密斯的胳膊,密斯一直面带微笑,没有发出半点声音。售票小姐二话不说,给了我们两张票。

密斯和我坐在同一张椅子上,我们总是这样。那天放映的片子是《白雪公主》。密斯和往常一样,目不转睛地看着银幕。她明亮的面孔看上去美丽动人。全场鸦雀无声,都在紧张地期盼白雪公主不要给恶毒的后妈开门,这时密斯却鼓起掌来。虽然玩具娃娃的鼓掌并不是真正的鼓掌,但还是影响了别人。

对她来说,王子和小矮人没什么区别,至少我是这样认为的。看完电影后,她说:白雪公主其实应该留在小矮人那里。

我问:为什么呢?

她的回答是:因为他们人多。

这听起来有些蠢,却是实情。爸爸甚至认为密斯很聪明,只是思维方式跟我们不太一样。

有些事她怎么都学不会。她试着边说边笑,试着连续眨眼睛,就像白雪公主那样。不管怎么试,她的上身都会跟着晃动。白雪公主可不会晃。她也想不晃,但没有成功。另外,她还想把自己的金发染成乌木般的黑发,却把整张脸一起染了。即便这样她也很美,就像白雪公主的黑妹妹。可她想像白雪公主那样,像雪一样白。我和妈妈不得不帮她洗干净。洗了以后她仍然很靓丽,但显得有些陈旧和疲惫。

唉!她叹了一口气。

密斯最大的愿望是拥有一面镜子。我不需要镜子,我知道自己的样子。于是我说:要我还是要镜子?你只能选一个。

密斯说:镜子。她哭了,把身体里的水都流干了。然后她就哭得更厉害了,她的干号比有泪水的哭伤心多了。

我也哭了,但我不能让步。我安慰她:如果你想知道自己长什么样,我可以告诉你啊!

你像以前一样好看。

你得发誓!

我发了誓。

从此以后,密斯每天都要问我四次:我像以前一样好看吗?早上一次,中午一次,傍晚一次,她睡着前或我睡着前一次。每次我都回答:是的。有时她会闭着眼睛躺在床上,我不知道她在想什么。

她的长相没什么变化,所以我的回答也没什么变化。

她问:我的头发看上去怎样?

我说:金灿灿的头发真漂亮。

她问:我的嘴?

我说:又红又圆真叫美。

她问:肚子和腿?

我说:细嫩匀称又不肥。

她对我的话深信不疑。

至于我,跟美貌无关。

对于我,一切都太小了,不仅是衣裤,还有我的房间、我的家,以及整个世界。没有一样适合我。

密斯站在窗前,一动不动。

我问:你喜欢我吗?

她没有回答。

但我喜欢你,我说。我抚摩她的头发,发现她的后脑勺上有一小块是秃的。

我们是好朋友,我说。

密斯看了我一眼。有只苍蝇在她漂亮的脸蛋上爬。

我说:如果我不吃东西,就会像你那么苗条。

那你为什么要吃呢?她问。

不吃我会死的。

你不想死吗?

嗯,我不想死。

为什么呢?

因为我更喜欢活着。

你死过吗?

没有。

那还说什么?

我说:可人只能死一次啊!

她问:人也只能活一次,是吗?

是的。

只有一次,确实很少,她说。

爸爸带我们去动物园看那只刚出生的猩猩。它一边在妈妈怀里吃奶,一边斜着眼睛看围在笼子前的小朋友们。密斯在动物面前不知所措。在她的眼里,长颈鹿脖子太长,单峰驼驼峰太高,长尾猴尾巴太长。大多数动物都长得太复杂或太奇怪,身上不是这里太多,就是那里太少,她说。至于猫、狗、牛这些家畜,她已经习以为常。在野兽里,她只喜欢鹿,其余的都一无是处,只会让她紧张。植物也一样,她觉得世界上最好只有草,最多再加上棕榈树。

爸爸讲了一个他儿时的玩具娃娃的故事。那是他姐姐的玩具,姐姐不准他碰。他偏要去碰,就挨了姐姐一记耳光。为了报复,他就把玩具娃娃的一只眼睛给戳坏了,后来那只眼睛就在这个娃娃空空的脑袋里滚来滚去。

密斯什么都没说,我也是。爸爸为这个故事向我们道了歉。他给密斯买了一小瓶指甲油,刚好也可以用来修补她的嘴唇。

补妆这种事她还愿意让我帮她,其他的就不让了。她的自理能力很强。她每天都自己穿衣、脱衣,有时一天要穿、脱好几次;她自己上床睡觉。即使她不小心把床尿湿了也没关系,因为她的尿只是水,无色无味。

我的其他娃娃,都由我给他们穿衣和脱衣,包括一些玩具动物,以及一个可以放进玩具推车里的婴儿。另一个玩偶叫佩佩,虽然个子很矮小,但他是个真正的男人。此外,我还有一头大棕熊、一只棕色的大袋鼠、一只企鹅和一只狗。佩佩穿着一套运动服，有时只披一块真正的兽皮。披着兽皮，他就是生活在原始森林里的人猿泰山，其他动物这时候都得扮演猴子。密斯还小的时候，有时就扮演珍妮，常常被泰山从大猩猩手中救出来。大猩猩就由大棕熊扮演，有时想吃她，有时又会拥抱她。

有时是我被泰山救，通常是这样开始的：大猩猩突然出现在我面前，伸出毛茸茸的手要抓我。我吓得尖叫一声，晕倒在地毯上。

大猩猩弯下腰来，看着不省人事的我。大猩猩正要痛下杀手之际，泰山及时赶到我身边。大猩猩连忙逃走。

泰山抱起我离开丛林。对他来说，我一点儿都不重，因为他爱我。

密斯好像对其他玩具都不感兴趣。可我和其他娃娃玩的时候,她又总是看着我们,直到我把所有娃娃都送回家。

一天夜里,我听到她的声音,我猜她是在说梦话。她清晰地说:纽约。

你在做梦吗?我问。

没有。

也许密斯压根儿就不会做梦,或者梦到的跟我完全不一样,比如坐飞机去纽约。我从来没有梦到过坐飞机去纽约,我在梦里只会坐汽车、火车或者骑自行车,而且我最远就只到过罗马。

那纽约是怎么回事?我问。

她没有回答。有时她根本就没听我在说什么。她向来如此,意外发生以前就是这样。

我打开灯,只见密斯坐在她的枕头旁,枕头上躺着的是佩佩,只穿了一条运动裤。原来我睡觉时,密斯都在跟佩佩玩。

她每天晚上都跟佩佩玩。有一次我听到她凶巴巴地说:你要是不闭嘴,我就告诉亲爱的上帝,或者亲爱的苏珊!

我估计佩佩听从了她的话,因为她没再说什么。

那次意外是怎么发生的,直到现在我们都没弄明白。那天是个阴天,我们去的是露天游泳池。密斯穿着两件式红色泳衣,像往常一样躺在池边晒太阳。我和爸爸下水去游泳。当我们从水里出来的时候,发现池边只有浴巾,没有她。我们大叫:密斯!然

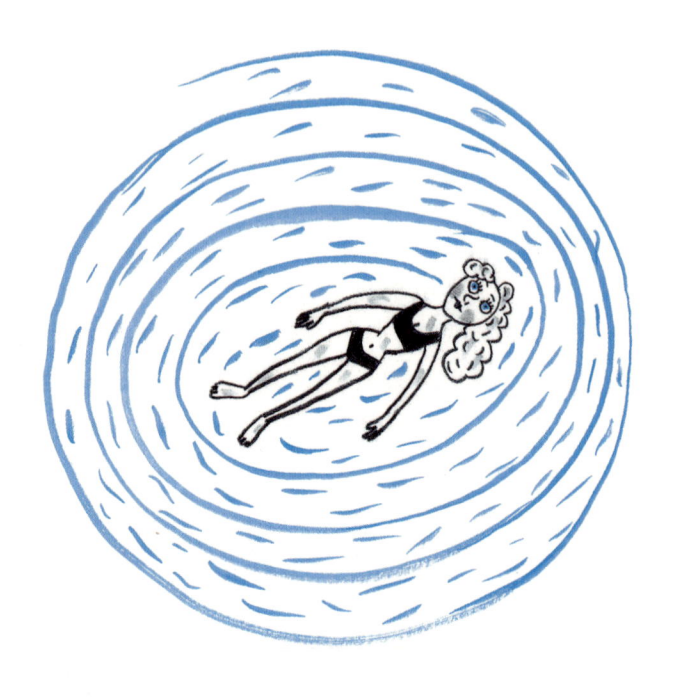

后我们看见她仰面躺在水里，像一根木头一样漂浮在水面上。她睁着大眼睛，呆呆地望着天空。

  我觉得有点不对劲。我们立马把她拉上岸，让她趴在地上，好让水从嘴里流出来。

  过了一会儿，她说：啊！后来又说了一次：啊！这是我们听到她说的最后一句话。

  我们把她翻过来躺着以后，她终于闭上了眼睛。我想：一切都会好起来的。可谁知道呢？

妈妈认为,这是爸爸的粗心大意造成的,他应该照看好密斯的。为了安慰我,妈妈说:密斯生病了,没有力气说话。她还小了一大圈,可能也跟生病有关。

我的心里压着一块石头,硌得我很疼很难受。我什么都吃不下。

医生来给密斯看病。她直挺挺地躺在床上,闭着眼睛,一言不发。医生先检查她的嘴,接着检查眼睛。然后,他把听诊器的听筒插在耳朵里,听密斯的胸部、背部和腹部。他摇摇密斯的头,又摇摇自己的头。什么都没有,我什么都没听见,他说。他把听诊器放回了手提箱。

她的身体里静悄悄的,他说。

妈妈问:这是什么意思啊?

没有什么让人不安的迹象。

那让人心安的呢?

也没有。我对玩具娃娃了解不多,这我承认。你们最好请一位兽医来,他说。这当然是一句玩笑话,不过兽医也许能帮上忙。

密斯不是动物,妈妈严肃地说。她坐到床沿,握住密斯的手,轻轻地呼唤:我的小甜甜。

或许她本来就是一位天使,我说。而且我心想,天使的心里大概也是这么寂静。

密斯在一天天缩小。

爸爸每天都会打电话来问密斯的情

况。妈妈去接电话时,总是简短地打个招呼:哈罗。到了第三、第四次,只听她说:谢谢,还行。你呢?

接下来的那个星期六,爸爸来看我们。看到密斯变得这么僵硬和矮小,他大吃一惊。

妈妈洗了头,还打扮了一下。她给爸爸讲了很多密斯的事。其实,爸爸已经听我说过了,但他很愿意再听妈妈说一两遍。她还说到我。她说:苏珊饭量很小,就像一只小鸟。

爸爸待在厨房里喝咖啡。我留在密斯身边。爸爸和妈妈重新相爱了,或许他们自己都没有察觉。爸爸要走的时候问我:想不想去看电影?电影院里正在放映《彼得·潘》。我对电影不感兴趣,更别提儿童片了。

我不能为密斯做些什么。没有人能够为她做什么。

我用存钱罐里的钱,给密斯买了一面她一直想要的镜子。我让她坐在镜子前,她仍然双臂前伸,仍然圆睁着蓝色的大眼睛。

我已经没那么伤心了,但还是会哭。

密斯现在不会哭了,只会尿尿,要不她身体里的水不知道该往哪里流。

我又得帮她穿衣、脱衣了。她也不会自己上床睡觉了。现在她睡的是当初那张小床,她又回到原来的大小了。这虽然让人难过,但也还好。一切都恢复原样,只是她的那只眼珠偶尔还是会卡住。密斯又可以坐她的小椅子了。不久前爸爸给她买的那套网球服,她也穿得上了。

我不知道这些对密斯还有什么意义。她还活着吗?有一次她摇头。我问她是不是要喝可乐,她置若罔闻,继续摇头。我大叫:好了!可她摇了整整一刻钟才停下来,此后再没摇过。有时我想,也许她还能听见我说话,所以我每天都说四次:

你的头发看上去怎样?

金灿灿的头发真漂亮。

你的嘴?

又红又圆真叫美。

肚子和腿?

细嫩匀称又不肥。

我自己的肚子和腿越来越瘦,虽然没有密斯那么苗条,但好看多了。

密斯再也不尿尿了。爸爸认为她已经没有生命迹象,妈妈认为她还活着。我不知道自己该怎样想。也许密斯从来就没活过,但我不会就这样扔下她不管。晚上她也不孤单,因为有佩佩的陪伴。虽然她的床睡两个人有点挤,但我觉得,她应该喜欢这样的亲密。

早上,我先给密斯穿的是妈妈送的浴袍,一会儿给她换成裙子和衬衫,然后是裤子和毛衣,接

下来是两件式红色泳衣或新的网球服。到了晚上,我先帮她穿上晚礼服,让她在椅子上坐一会儿,上床前再换成睡衣。我帮她梳头,用一缕头发把秃的那一小块遮住。那缕头发一天天变少,而那块秃的地方一天天变大。

　　头发看上去怎样?

　　后脑勺已经变得稀疏。

　　我的头发也不怎么好,但在不断生长。

　　今天,我和新朋友玛丽安娜在密斯的镜子前涂口红、画眼影、换衣服,既好玩又好看。真是太美妙了!

　　那个会说话却一直保持沉默的娃娃的故事,你什么时候给我讲啊?

　　我不想讲了。

悲伤的孩子

从前,有一个悲伤的孩子。他一直在哭,甚至包括梦里。一切都被他的眼泪浸透了,枕头、衣服、课本、练习册……概莫能外。

发生了什么事啊?是他的豚鼠死了吗?

不是。

他的猫死了?

不是。

那就是他的狗?

他只养了一条金鱼。

金鱼还活着吗?

是的。

可能是这孩子想再养一只动物,比如一只母鸡,但他父母不同意。

不是,他什么都不需要。

难道是父母不够爱他?

不,非常爱他。
那就是在学校里发生了什么事?
平安无事。
跟朋友吵架了?
也不是。
上帝啊,这孩子到底为什么如此悲伤呢?
我们也在问,可没人知道答案。
孩子自己呢?
他也不知道。有人问起,他就抽泣着说:我天生就悲伤。然后他继续哭着,眼泪掉进了菜汤里。
那他后来是怎么停止哭泣的呢?
什么?
他是怎么停止的?
没有停止。他从来没停过。

小苹果人儿

　　从前有一个女人,她有一棵苹果树。树上长满了苹果,有绿有黄,鲜美多汁。小苹果人儿就住在黄色的苹果里。有一次,女人刚咬了一口这种黄苹果,就觉得怪怪的,舌头上好像多了个什么东西,她立马吐了出来。那东西掉到了地毯上。女人弯下腰,想看清楚一些:那东西就像个人,还穿着牛仔裤和毛衣。没错,是个小人儿,大小跟果虫差不多,就藏在被虫咬过的果肉里,和果肉一样苍白。对于女人来说,果虫早已见惯不惊,小苹果人儿却是见所未见。

　　太夸张了!她说。

　　小苹果人儿消失在衣柜底下。

　　太夸张了!女人重复了好几次,而且声音很大,就算躲在衣柜底下也可以听得清清楚楚。

　　如果连苹果里都可以住人,那还有什么地方不能住人呢?为什么不住在长得像灯泡的梨子里呢?什么怪事都有可能发生,真的什么都不能相信了!女人感叹道。

　　小苹果人儿凝神聆听,听懂了女人说的每一句话,并有所感悟:我们是不应该存在的。他把自己的想法告诉了同伴们,还在全体大会上大声疾呼:只要我们存在,这个世界就会乱。只要这个世界还正常,我们就不能存在。

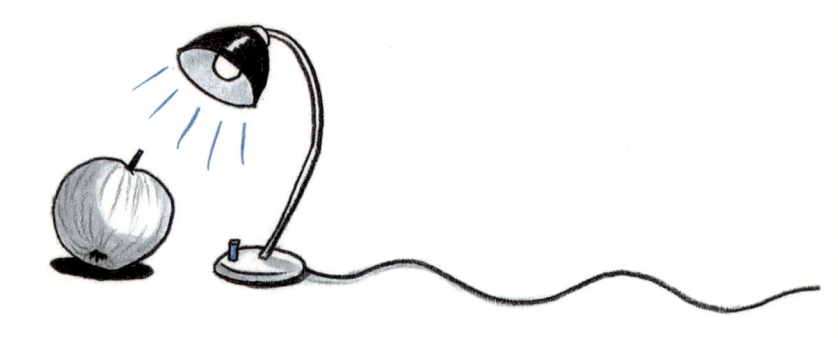

　　小苹果人儿还和往常一样继续生活着,只不过是以另外一种方式,就像他们根本不存在似的。他们住在苹果里面,就当自己没有住在里面。他们吃苹果和苹果沙拉,就当自己不是吃苹果和苹果沙拉。他们过得比以前还好。他们不再害怕鸟儿,因为连鸟儿都听说,小苹果人儿根本就不存在。不存在的东西,是不能吃的。

没有巫婆

这个故事里没有巫婆,因为现在已经没有巫婆了。即使有,她也只能叫伊尔娜,她坏得不能再坏了。故事里还会有两个女孩出现,她们俩从头顶到脚趾都好得不能再好了。她们都有一头金发和一双漂亮的蓝眼睛,名字都叫格蕾特。她们的力量和智慧合在一起,就比巫婆厉害一倍。

两个对一个,是不公平的。我独自去对付那个老家伙就行了,一个格蕾特对另一个格蕾特说。

另一个格蕾特可能不会同意。

故事就会变成这样。

伊尔娜和两个格蕾特都没有出现在故事里。那故事里有什么呢？这个故事空荡荡的，就像夏日清晨六点的一汪湖水，幽静而空旷。为了保持这种幽静和空旷，很多东西都不能出现，包括巫婆、两个格蕾特、所有的女人、所有的女孩、所有的船只、所有的船长、所有的男人和闲人。唯一可以出现的只有：湖水，夏日，清晨，六点。

雷斯和女巨人

从前，有一位女巨人。

有多高？

有一棵白杨树那么高。

那是很久以前的事吧？

是的，很久很久以前。"很久"这个词都太短，无法形容这段时间。

今天还有人知道她吗？

是的。

从哪儿知道的呢？

从一个故事里。是一个男人讲出来的。他有一个朋友，据说亲眼见过那位女巨人。

那位女巨人没有看见这个男人的朋友吗？

是的，应该没有看见，否则他就被吃掉了，我们也就不会知道女巨人的故事了。

当时她或许在闭目养神，或许是睡着了。

是的，没错，她睡着了。

她伸展四肢，躺在蓝莓树的阴凉里，就像一棵被伐倒的白杨树。这个庞然大物在打呼噜，纷乱的金发中爬满了麻雀。

她叫什么名字？

她没有名字。其实她什么都没有，没有衣服，没有鞋子，没有朋友。她只有一身的力气和一根偶尔用来打猎的木棒，当然，还有自己的思想。

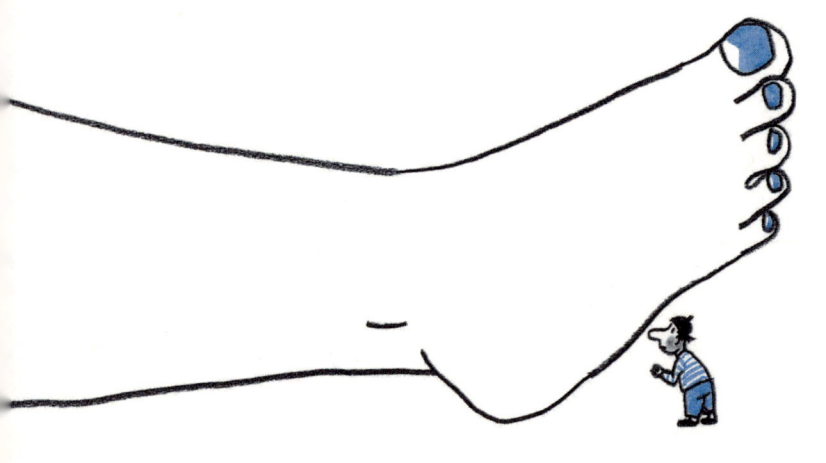

怎样的思想？

我也想知道。人们只听得到女巨人脑袋里发出的轰隆声，有时是咯吱声。

那个人听到轰隆声或咯吱声了吗？

他首先听到的是叹息和哼唱，那是她的梦呓。他不知道这些声音来自何方，是来自女巨人的头，还是肚子，还是全身，还是脚底下？

然后她醒了吗？

没有。直到阳光照在她脸上，也就是说到了傍晚时分，原本落在她身上的阴影已经移到了她身边的树丛当中，她才醒来。她看看四周，向那个人挥挥手，她还以为这是她梦里的人。现在她清醒了，喊道：你可以走了。

她没有吃掉他吗？

没有，后来也没有。刚开始她让他活着，因为梦里的东西是不可以吃的，后来她爱上了他。她问：你也爱我吗？他答：这还用问吗？如果是其他答案，可能就有生命危险了。但他确实爱她。她的身上散发着野性的芳香。

她住在哪儿？

说起女巨人，大家都认为她住在森林里，是吧？她也可以在那儿生活，但只要站起来或走路，她的头就会碰到树冠。所以她选择住在山顶上。每当夕阳西下，被阳光笼罩的山岩就跟她的皮肤一样红。

如果两个人相爱，就会想方设法留在彼此身边，女巨人和她的男朋友雷斯也是如此。但他没法拥抱她全身，只能抱住她的一条腿。他躺在女巨人的肚子上休息时，会被她因呼吸而产生的起伏摇晕。他们甚至没在同一张床上睡过。首先，她压根儿就没有床。其次，躺在她身边，实在太危险。

那他们睡在哪儿呢？

睡在一个洞里干燥的蕨草上。

在洞里，雷斯有自己的睡榻。

这样的爱情真是麻烦！

不过，他至少是个伴，可以陪她聊天，还可以帮她赶走头发里的麻雀。帮我梳梳头，然后吻吻我，她说。于是，雷斯奉命行事。他每天帮她编一根发辫，一百天编了一百根。所有的头发都编好以后，他们一起出了门，虽然不能肩并肩、手牵手，但是毕竟在一起。

村子里正在举行一年一度的市集和舞会。以前，女巨人从来不敢在这里露面，因为无人陪伴。如今，她狂野的心在剧烈地跳动。这里的人太多了，密密麻麻的，就像田野中的麦子一样。雷斯走在前面，只要她停下脚步，他就会向她招手。人们纷纷为他们让路。音乐戛然而止，就像突然被关掉了电源。现在，雷斯站在广场中央，女巨人就站在他身边。华尔兹！他命令道。音乐再度响起。女巨人抬起了脚。她高兴得大声欢呼。

回家的路上，他们吵了起来。

吵了起来？吵什么呀？

唉，吵了这个吵那个，先是为了这件事，然后是那件事。他说不是，她偏说是。他继续喊不是，她继续喊是。不是，是；不是，是；不是，是。傻瓜；笨蛋，你才是傻瓜。然后，两个人都不说话了。女巨人的脑袋里轰隆隆直响。她在洞里摔了一跤，跌坐在干草堆上。轰隆声和咯吱声应声而止。

第二天早上，女巨人觉得自己受够了。雷斯还在睡觉——蜷曲着腿，双拳紧握挡着脸。他一醒来，她就告诉他，他们的爱情结束了。他却说，他对她的爱依然不变，而

且现在比当初还深。雷斯说自己找到了一个不多愁善感、散发着野性芳香的好女人，他是不会放手的。她却威胁道：我要把你吃掉！雷斯只好无奈地离开了。

离开就是不再出现了。女巨人还需要时间习惯。她没有袜子，没有鞋子，没有名字，但是她有自己的洞穴，有自己的思想，后者有时会像巧克力糖纸那样沙沙作响。她想念雷斯，在梦里又见到了他。

帮我梳头，吻我，她轻声说着梦话。

什么？那个人不可能知道这些事。你又是怎么知道的？

嗯，我就是知道。

从哪儿知道的？

男朋友离开以后，所有的女巨人都会做这样的梦。而且他们在梦里会越来越高大，越来越强壮。梦中的雷斯站起来时，已经到她的胸部甚至辫子了。当然，现在她只能自己梳辫子。

那他呢？他写信吗？

是的，他每天都写，却找不到愿意替他送信的人，再说她也不识字。

我不知道

在一座城市里，住着一个男孩，他什么都不知道。他不知道胡椒辣，不知道水会流，不知道草是绿色的，不知道玻璃易碎，不知道一月很冷，不知道七月大多有雷雨，不知道木材来自树木，不知道牛奶来自奶牛，不知道两辆汽车加两辆汽车是四辆汽车，不知道两瓣核桃加三瓣核桃等于一把核桃。

你想要一块蛋糕吗？妈妈问他。
我不知道。
法国的首都叫什么？老师问。
我不知道。
去火车站怎么走？一个外地人问。
我不知道。
你真的爱我吗？他的女朋友问。
我不知道。

你到底知道什么呢?

呃……

男孩长大了,成了男人,他想:我到底知道什么呢?我到底知道什么呢?

他的女朋友说:你什么都不知道。

的确,她说得很对。

那个男孩至少身体很棒、心地善良吧?他的笨脑袋上长着漂亮的鬈发吗?他会唱歌吗?他爱笑吗?

我不知道。

歇歇，很号

三年来，男孩每天早上都这样跟他的马打招呼：听到我的脚步声，你就会把长脸转向我，还会对我眨眼睛。可你总是一言不发。

到了第四年，马突然开口了：偶改说神马呢？从他的长嘴里冒出的话有点怪腔怪调。

男孩建议：就说"早上好"吧。

这羊比神马都不说号吗？

好多了。

早上号，马说。

早上好，男孩也说。你好吗？

你号吗？

谢谢，很好。

歇歇，很号。

你真的很好，还是只是说说而已？
偶怎马知刀呢？
你可以感觉到！
偶干觉？
比如你的皮肤。
偶干觉，石的。
怎么样？
歇歇，很号。
这一天他们没再说话。他们沿着一条河奔跑。

第二天早上，马主动问候：早上号，偶的朋游。
早上好，我的马，男孩回答。
你号吗？
谢谢，很好。你呢？
歇歇，不太号。
你怎么了？
说滑太雷了，偶头云。
慢慢你就习惯了，男孩说。
马果然慢慢习惯了说话。
　　他会告诉男孩自己的感觉、感受和感想。他开始思考问题，关于美妙的早晨和糟糕的早晨，以及两者之间的差别。在他那长长的脑袋里形成的一切，都会从他长长的嘴里说出来。男孩听得很专心。他喜欢马这种慢腾腾的怪腔调。有时他不禁要问,他那圆圆的脑袋能否真正理解长脑袋所说的话呢?他向马提出了这个问题。

　　介个偶怎马知刀呢?

　　你可以感觉到。

　　马沉默了三天,然后说道:歇歇,很号。

猪 和 纸

　　一张纸坐在酒馆里。一头猪走进来,坐在纸身边。猪要了一杯葡萄酒,纸要了一杯啤酒。
　　今天很闷热,猪喘着气说。
　　你这样认为吗?纸问。
　　猪倾了倾身子说:你不觉得吗?
　　纸说:恰恰相反。纸觉得很冷,甚至起了鸡皮疙瘩。
　　这家伙太单薄了,猪心想。
　　猪睁大蓝眼睛打量着纸。纸不是空白的,而是两面都写满了字。猪叹了一口气说:可惜我不识字。我很想知道你身上写的啥。
　　纸摆了摆手说:没什么特别的。
　　也就是说,都是些普普通通的东西,猪说。
　　是的。
　　是关于日常生活吗?
　　纸没有回答。我得走了,纸说。

是什么样的日常生活呢？跟我们的生活有关吗？猪问，声音大了许多。

是的，纸一边回答一边四处张望，想找女服务员。

猪请求道：念一句给我听听吧。接着他又威胁道：念一句就好，否则我不让你走！

纸屈服了，念道：猪要了一杯葡萄酒。

什么？猪疑惑地问。

纸重复了一遍：猪要了一杯葡萄酒。

虽然我正在喝，但这确实是我做过的事。这也写在你身上吗？

是的。

接下来呢？写了"纸要了一杯啤酒"吗？

嗯，写了。

猪把鼻子紧紧贴在纸上。纸大声呼唤女服务员。

继续念！猪命令道。

纸顺从地念道：今天很闷热，猪喘着气说。

没错，正是这样！继续念！

纸就这样一句一句念下去，一直念到"继续"二字。

猪喝高了，十分兴奋。他大声喊道：继续！继续！猪现在是不是很生气？我很想知道。

纸没有回答。

难道猪把纸抓起来吃掉了吗？你快往下念！

纸沉默了。

于是，事情就这样发生了：一、二、三、四，猪一把抓起纸，一口塞进嘴里。

猪真的很想知道，抓纸和吃纸是不是故事的一部分。他可以清楚地感觉到故事就在肚子里，却感觉不到他想要的答案。

这时，女服务员走过来，猪付了葡萄酒钱。

纸去哪儿了？女服务员问。

猪把啤酒钱也付了。

一头鹿在桌旁坐下，要了一杯茶。

酸酸草和母牛

  一头母牛和一株酸酸草是好朋友。绿油油的酸酸草太喜欢母牛了,只愿意被母牛吃掉。母牛也很喜欢酸酸草,对其他草根本不感兴趣。
  为了不让其他牛接近酸酸草,母牛日夜守护在酸酸草身旁。这样亲密的友情虽然美好,但不易长久。母牛越来越瘦,不久就不产奶了。怎么办呢?母牛觉得,就算吃一点点其他东西,比如一朵花、一片树叶,也是对酸酸草的不忠。可如果把酸酸草吃掉,母牛就会失去它。
  酸酸草越来越高,越来越美;母牛越来越瘦,越来越丑。母牛认为,酸酸草早就不喜欢自己了。不能再这样继续下去,必须得发生点什么。
  发生了什么呢?
  母牛越来越瘦,酸酸草越来越滋润。
  就是这样。

然后呢?

然后母牛更瘦了,瘦得皮包骨。

酸酸草更滋润了,滋润得全身油亮。

然后呢?

没有然后。故事就此结束了,因为母牛终于把酸酸草吃了。茎又老又粗,味道很苦。

什么都要和什么都不要

  给他一根手指,他就要你的整个手掌;给他整个手掌,他连手臂一起要;给他一只手臂,他就开口要另一只手臂。人家要是有第三只手臂,他肯定会照单全收。

  给他一根脚趾,他就要你整个脚掌;给他整个脚掌,他连腿一起要;给他一条腿,他就开口要另一条腿,甚至连肚子、脑袋和其他部分他都要。

  他什么都要,要你的一切。有了一切,他仍然不满意,叹了口气说:这一切对我来说实在太多了。他抱怨道:一根手指或一根脚趾对我来说就够多了。

  因此,他什么都不要了。然后,他就孤独地站在那里,不知道该怎么办。

熊 年

冬眠就像冬天一样长，而冬天漫长得仿佛永无止境。

十一月以后，我就再也没有见过那头小熊了。有时我会问自己，为什么直到现在还醒着？有时我却不会问，比如圣诞节。

三月初，天气转暖的第一天，我上山去拜访小熊一家。我敲敲门，没人应答，只听见里面传来粗重的呼吸声和抓挠声。小熊一家似乎不急着从冬眠中醒过来。

两天后，我再次来敲门时，在门外就闻到了咖啡的香味。小熊是我的同学，只要不冬眠，他就会跟我一起去上学，还会给我开门。进来吧，他说，然后给我介绍他们全家：这是我奶奶，这是我妈，这是我爸。

小熊一家正在吃早餐。早上好，他们吼叫道。睡了一个冬天，他们似乎忘了我们早就认识。

还有我呢？小熊妹妹问。她躺在桌子

底下，正在桌腿之间滚来滚去。

这是我妹，小熊说。

这是我们的早餐桌，熊奶奶喊道。

很高兴见到你们，我说。

我们也很高兴，熊妈妈说。

小熊为我搬来一把椅子，递给我一个盘子，让我坐下来和他们一起吃早餐。我使劲吧嗒嘴，就像真正的熊那样。我口中塞满了东西，问道：你们冬天过得怎么样啊？

黑漆漆的，熊妈妈吼叫道。

因为我们一直闭着眼睛，小熊说。他嘴贴着盘子，歪着头看了我一眼。

这是什么意思呀？熊妈妈问。

我的意思是，黑漆漆的并不是冬天，而是我们的冬眠，小熊解释道。

桌子底下传出小熊妹妹的声音：冬眠，冬眠，冬眠。她一连说了几遍这个词。

熊奶奶抬起黑鼻子，唱起歌来：

冬天的羊啊，
我们称为冬羊。
它们咩咩叫啊，
山楂林里把身藏……

熊妈妈转过头问我：学校里怎么样啊？

和往常一样,我回答。

熊爸爸虽然从未上过学,却很了解:老师先讲,然后问学生自己讲了些什么,学生得把老师说过的话复述一遍。

我和小熊都笑了。

我带了上学要用的东西,比如课本、笔记本和装在信封里的家庭作业本。这样我才好给小熊展示,这个冬天我们都学了些什么。其实学的也不多:十二道算术题;关于雪的故事;一些难记的单词,比方熊和雄;以及动物如何过冬。

小熊很好奇,急于知道详情,结果在作业本的"候鸟"那一页上,留下了一个黑黑的大鼻印。

我梦见了雪,他说。

什么?熊奶奶问。

我梦见白茫茫的雪覆盖了苍茫的大地。

熊奶奶喊道:没错,没错,雪就像一张白色的熊皮。

我从信封里抽出一张纸,大声念道:棕熊是欧洲最大的肉食动物,体重在150千克和250千克之间,特别大的可达350千克。成年棕熊的身高可达2米以上。冬眠时,他们的体温会降低,心跳会变慢。

太棒了，熊爸爸咆哮道。

熊妈妈轻轻地点点头。

小熊遗憾地说：因为冬眠，我错过了好多呀！

棕熊是欧洲最大的肉食动物，熊爸爸重复道。

我继续念：棕熊平时走路很慢，跟骆驼差不多。

熊妈妈嗤之以鼻，因为把他们与骆驼相提并论，她不太乐意。

熊爸爸开始在洞里走来走去，小熊跟在他身后。他们在练习侧对步伐，两脚前，两脚后，但有时两条腿就是会别在一起。为了找回重心，他们只好一屁股坐在地上。只见小熊妹妹迈着漂亮的侧对步向他们走来。我走得怎样？她问。

我再次去看望他们，是暑假前的一个星期天。小熊一家都在室外。

你们好！我问候道。

你来看我们,我们很高兴,年轻
人。熊妈妈露出满嘴熊牙,笑着说。

熊奶奶唱起歌来:

一个年轻人,一只小野兽,
早上喜相逢,蹦跳乐无忧,
一个左边跑,一个右边冲,
一个手拿一杆枪,
一个是头小小熊。

熊妈妈跟着轻声唱和,然后突然
问我:我们见过面吗?你身上的气味很
像小熊的一个同学。我必须承认,那可是个聪明的小伙子。

他就是那个同学呀,小熊不高兴地嘟囔道。

熊妈妈看了我一眼说:我一眼就看出来了。

我给小熊妹妹带来一件礼物:一个穿着红裙和黑鞋的布娃
娃。我想,小熊妹妹应该会喜欢布娃娃,就像我喜欢泰迪熊一
样。可她是不是喜欢,直到今天我都不太清楚。只见她伸出两只
熊掌抱住布娃娃,闻了闻,就拿走了。片刻之后,她回来了,布
娃娃却不见了。

她可能把那东西藏起来了,熊爸
爸说。

我们坐在山丘上的阴凉处,望着
远方。高高的天上有一朵白云,慢慢

地越变越薄,最后溶化在蓝天中,仿佛溶解在水里。远远的山下有无数汽车,一辆接一辆地驶过,车窗闪着亮晃晃的白光。有什么新鲜事吗?我随口问道,因为我不知道该说什么。

熊爸爸伸出熊掌,指着蓝天:比如太阳。

太阳?我不解地问。

小熊不以为然:太阳昨天和前天都出现过。只要天气好,就会出太阳。

是啊,那又怎么样?熊妈妈的声音有些含混不清。

经常出现的东西,就不能算新鲜事物。小熊补充道,太阳可不是什么新鲜事,它已经在天上待了几万年了。它是最古老的东西之一,这才说得过去。

熊爸爸点点头。熊妈妈没有点头。

这是你在学校里学到的?她问。

熊奶奶又唱起歌来:

新和旧,
热和凉,
白白和黑黑,
树脂和蜜糖。

熊爸爸沉思了一会儿,说道:我们说某样东西是新的,可能是因为它看上去像新的。直到今天,太阳看上去还是像新的。小熊,你的朋友也像新的。

今天的太阳比往常还新,熊妈妈喊道。

小熊妹妹把布娃娃咬在嘴里走来走去,然后放在草地上。那我呢?她问。

你也一样,熊妈妈说。然后,她转过头对我们说:你们不觉得她也很新吗?

小熊妹妹坐到布娃娃身边,却从不正眼看它。或许她是怕布娃娃,或许是在生它的气。

过了一会儿,她忍不住转过头问它:你为什么不说话呀?然后马上就用很嗲的声音替布娃娃回答:因为我还小。最后她用自己的声音结束对话:哦,原来是这样。

我给小熊一家照了一张全家福。

我最后一次去找小熊是秋天。从那以后,我就再也没有见过小熊一家了。

那次,我们坐在洞口,枯叶在我们面前飞舞。

我梦见了雪,小熊说。

什么?熊妈妈问。

我梦见雪一直下。

这是最重要的,熊奶奶高声说。

熊爸爸说:雪是白的,这也很重要。白的。他打了个哈欠。

雪白，因为冬天是黑漆漆的，熊妈妈肯定地说。

那我呢？小熊妹妹问。

你不是，小熊回答。

小熊妹妹用后腿站了起来。

你是美丽的棕色，熊爸爸安慰她。

已经不算小的小熊妹妹抱怨道：我才不想要美丽的棕色呢。

我们都是美丽的棕色，熊妈妈说。

熊奶奶说：羊才是白色的。

她又唱起歌来：

冬天的羊啊，冬天的羊，

咩咩叫啊，树丛里藏。

夏天的羊啊，夏天的羊，

咩咩叫啊，在我们腹中藏。

熊奶奶正在啃一大块肥肉，她吧嗒着油亮亮的嘴低吟浅唱。她身边坐着小熊妹妹和她的布娃娃。布娃娃身上的红裙不见了，黑鞋也消失了。它全身都变成了棕色，就像小

熊妹妹一样，只有白色的眼珠还闪闪发亮。我又给他们照了一张全家福。大家都沉默不语。

这次冬眠，我又会错过什么呢？小熊问。他在想长长的冬天。我也是。他有些悲伤。

熊在冬眠之前感到悲伤，人类则是在离别时。

等你醒来，我会给你讲我学到的一切，我说。

或许你们会学冰层下的鱼如何生活，熊妈妈说。

或许你们会谈论冬天还醒着的人类的生活。他们不会错过圣诞老人的来访，也可以去滑雪，熊爸爸说。

熊妈妈说：人类总是在制造噪声。有些人身上的味儿很奇怪，闻起来很臭。他们开汽车、乘火车、坐飞机，以为什么事都越快越好。

熊爸爸接着说：他们走路的时候，总是只用两条后腿；两条前腿被称为手臂，只负责前后摇摆。他们制造了一些实用的东西，然后就和这些东西生活在一起，似乎这就是他们的家。

熊爸爸挠了半天自己的毛皮，继续说：人类可以把身上的毛皮大衣脱掉，换成其他衣服。他们喜欢吃蜂蜜，跟我们一样。他们喜欢吃蔬菜，也跟我们一样。不过，我们更喜欢连蜗牛一起吃。

　　停顿了一会儿，熊妈妈接着说：人类还喜欢管闲事，鼻子那么短，却老是伸到别人的碗里去。

　　小熊一家已经冬眠了63天。我把他们的全家福放在枕边，10只熊眼目不转睛地瞪着我——还不算布娃娃的眼睛。我这人只有两只眼睛，实在是有点应付不过来。

你还知道其他有关睡眠的故事吗？
在梦中，人们躺在床上，就像坐船夜航。
不，我不知道。
可我知道。
那就讲讲吧！
这个故事是不能讲的。谁要是一讲，马上就会睡着。
听的人也一样。

哞和咩

很多动物都有自己特别喜欢的词，一旦学会了，就不离不弃。牛喜欢叫"哞"，不会叫"嘛"或"咪"，更不会叫"毛斯"或"木斯"。它们通常会大声叫，而不是轻言细语或者嘟嘟囔囔。牛的语言比较好学，其他动物的语言也是如此。

哞的意思是"安静点"。牛喜欢安静，才会这样叫。

公鸡"喔喔"啼，意思是"要么现在来，要么永远别来"。公鸡这样啼，是为了壮胆。壮什么胆啊？干什么都需要壮胆，激励自己英勇向前。

狗"汪汪"叫，意思是"什么"或者"发生了什么事"。狗不会说"什么"这个词，只能一直汪汪叫，直到有人搭腔。

青蛙"呱呱"叫，是在提问。"呱呱"其实是拉丁语，意思是："在哪儿？在哪儿？"青蛙一直在寻找什么，已经找了两千年，那时候人们说的还是拉丁语。

猫"喵喵"叫，意思是"我也要"。它不会说"别的猫有的我也要"，所以一见到鱼罐头、鲜猪肝，或者想去花园散步，就和其他猫一样"喵喵"叫了。

猪"哼哼"叫。它发出"哼哼"这个音，觉得有特别的含义。可其实"哼哼"就是"哼哼"，什么意思都没有。

马"咴咴"叫。这个叫声实际是"太"的意思：见到草原，它就喊：太辽阔！套上缰绳，它就嚷：太紧了！

驴"咿啊"叫，听上去像"是啊"，其实驴更想表达的是"不"，因为它原则上是反对一切的。所以"咿啊"的意思不是"同意"，而是"反对"。

羊"咩咩"叫。"咩咩"的意思不是"没有"，而是"大海"。羊呼唤大海过来，大海无动于衷。

山雀"啾啾"叫，意思是"三位一体"。到底是什么意思，始终是个谜。

鸽子"咕咕"叫，意思是"过来过来，你也咕"。这是在呼朋引伴，召唤其他鸽子跟它一起咕咕叫。

有些动物的语言要复杂一些，理解起来可就困难多了。

蚂蚁的语言是一种气味语言，如果想学，就得在蚁穴里待上一年。可谁又肯去呢？

鱼的语言，连鱼都没学完。它先学的是单词之间的空当。这非常安静和美妙，因为它连接了两个单词。

蚯蚓的语言听起来像雨声，因为它只在下雨时说话，所以弄不清楚是雨声还是蚯蚓的说话声。

有只狗叫天空

　　这只狗叫"天空"。有人问起这只狗的名字时,那个男人就会这样回答。为什么叫这个名字呢?他也不知道。它一直就叫这名字。它既非蓝色,也不宽阔,身上也没有哪个部位能和天空扯上关系,顶多有点像一朵云,其实也不太像,只有在夕照中它站在山丘上时才比较像。总而言之,这只狗看上去不像天空,而像一朵云,或者更像一只羊。它长得肥肥壮壮,毛是金色的,很像一只被剪了毛的公羊。它的主人也和天空毫无瓜葛,他既不是飞行员,又不是瓦工,也不是牧师,而是钳工。这只狗其实叫"羊羊"或者"云云"更恰当。要是有人这样喊它,可能它连耳朵都不会动一下。但要是有人喊"天空",它会立刻跑过来。当然,它只听从主人的召唤。你或我叫任何一个名字,无论是"天空",还是"羊羊"或"云云",它都会待在原地,一动不动。

这只狗叫"天空",没什么理由。不过,这个名字挺适合它,特别是在夕照中它站在山丘上的时候,尽管它更像一只羊,或者有点像一朵云。

另一个故事是这样的:天过去并不叫"天空"。它只是头顶上那片空间,没有名字。一只名叫"天空"的狗,每天夕阳西下时都站在山丘上。它死后,人们把它站的那个地方取名为"天空"。后来,人们就把那地方上面的一片蓝色的、黄色的、红色的、多云的或晴朗的空间叫作"天空"了。实际上,"天空"原本是一条狗的名字。

明天我给你们讲一个旅馆房间的故事,那家旅馆位于奥地利的因斯布鲁克。无论是谁,只要一走进那个房间,就会永远消失,包括房客和整理房间的女服务员。而且在消失的那一瞬间,人们就会忘记他们的存在。那是9号房间,是这个世界的黑洞。

乙当和丙当

　　这是有关两兄弟的故事,哥哥叫乙当,弟弟叫丙当。他们俩认为自己是世界上最早的人类。那时的世界还到处都是山峦、河流、树丛、草地、草蛙、草蚊和蟋蟀。

　　对乙当和丙当来说,一切都很新鲜,因为连他们自己都是新的。

　　这就是世界,乙当认定。

　　不是这样又会是怎样呢?丙当说。

　　乙当本来以为世界是另一种样子,不是更美,而是别的样子。到底是什么样子呢?他也不知道。或许各种东西之间应该留出更多的空间。

　　到处都是东西,他抱怨道,连走动一下都困难重重。

　　丙当沉默不语,他在思考。他指着刚从地下钻出来还在一伸一缩的粉红色动物说:那是一条毛毛虫。

　　怎么会有这样的东西呢?乙当叹了一口气说。他觉得很奇

怪,弟弟竟然知道动物的名字:你是怎么知道的?

这是可以看出来的,丙当说。后来,当他们气喘吁吁地站到一个小山丘上时,丙当说:如果我们知道这些东西分别叫什么,那生活就不会这么艰难了。

他们身边的树把枝条伸向四面八方。

这是一棵榛子树,丙当说。

乙当沉默了。这次该他思考了。他想了许久,终于说道:Good morning(早上好)!

这是什么呀?丙当问。

这是英语,乙当回答。

他们信步走着,由于赤裸着双脚,脚底板还很娇嫩,所以走得很慢。他们的腿和肚子也是赤裸的,事实上全身都是赤裸的。乙当认为,他们应该弄双鞋弄条blue jeans来穿。他的弟弟表示赞同。

Blue就是蓝色,jeans就是牛仔裤,乙当说。

丙当讲了一个笑话,这是他的第一个笑话。他说:天空就是blue。他笑了。

乙当没有笑,但说了:Yes。他解释道:Yes就是"对"的意思。

他们向平原望去。平原的辽阔让他们张口结舌、不知所措。

不知道这属于谁,乙当叹了口气说。

当然属于我们两个,丙当说,还能属于谁呢?

乙当重复道:属于我们两个。这句话从他嘴里说出来,不知为什么听上去有点不顺耳。

丙当点点头:属于我们两个。他用食指来回指自己和哥哥。

乙当的目光一直跟随着弟弟的手指,然后说:这样根本搞不清楚,是属于你的还是属于我的。他提议把世界一分为二。这样问题就清楚了,也不会发生争执。他说,每个人都有自己的土地、自己的毛毛虫、自己的榛子树,可以随心所欲地处理它们,不必问别人的意见。

丙当虽然不太明白,兄弟俩之间为什么要问来问去,但他还是同意了。

他的哥哥用手在空中画了一条线,正好在高山和峡谷之间,他说:下半部归我,上半部归你。

或者反过来，丙当说。

乙当觉得上半部的山太灰、太硬、太陡，他说：你的身体比我灵活，亲爱的弟弟。你爬山就像……就像——

乙当找不到可以用来比较的东西。他还不知道山羊。

像什么呀？丙当问。你可以说英语。

乙当叹了一口气。他常常叹气。他们没再说话了。

丙当拿起一根树枝在地上画了一道深深的沟，一直画到森林深处。他走回来，然后说：右边归你，左边归我。由于两人面对面站着，所以分不清哪边是哪边。

你把左边说成右边，把右边说成左边了，我们怎么才能达成一致呢？乙当说。

两个人吵了起来，直到丙当发现一只细尾巴、长胡须、尖嘴巴的小动物，迈着四条腿在那道沟里来回跑动。那是一只老鼠！丙当喊道，它该归谁呢？

咱们先把固定不变的东西谈好以后，再谈活动的东西，乙当说。他主张一切都要有一定的顺序。

可丙当没听他的话，他发现了自己的影子。他往前走了几步，观察了一下，又快走了几步。他试图摆脱掉影子。

这是什么怪东西，乙当？它粘在我脚上甩不掉了，他喘着气说。

乙当发现自己的状况也好不了多少。那个扁扁的黑东西一直跟着他，模仿他的每一个动作，甚至包括跳跃和突然转身。

丙当指着周围的树木和灌木说：它们的身边都有这东西，有的在前面，有的在后面，有的在旁边，各不相同。但树木、灌木和石头的那个东西似乎老实得多，它们只是躺在那里。

乙当问：你也不知道这叫什么吗？

丙当摇摇头。

好好想想。它不叫什么，我们是知道的：它不叫老鼠，不叫榛子树，不叫毛毛虫……

就在这一刻，或者稍晚一些，他们看见一个小小的人儿从远方向他们走来。那是一个女人，她走得越近，变得越大。她跟他们打招呼。两兄弟在吃惊之余也打了招呼，并做了自我介绍：我叫乙当；我叫丙当。

我叫夏娃，女人说。

乙当想，她肯定也想分一半世界。可怎么分呢？这个世界只能分成两半啊：上一半和下一半，左一半和右一半，前一半和后一半！

一分为二，再除以三，这是一道无法解决的难题。

您身边有个美丽的东西，丙当友善地对夏娃说，可声音太小，她没有听明白。

乙当帮他解释：我弟弟说，您身边有个美丽的东西。他指了指夏娃的影子，它和女人一样颀长。

我也很喜欢它，夏娃说，特别是早上和晚上。当然，我是指天气好的时候。而中午它就显得太小太累赘，我老是踩到它。

丙当小声地重复道：天气好的时候。他向四周看了看，没有发现长得像天气的东西。

样样东西倒是都很美好。

乙当问夏娃：请问您来这儿多久了？如果我可以问的话。

来这儿？夏娃说，大概五分钟吧。

只有五分钟？

我哥哥指的是住在这个地方有多久了，丙当说。

你们去问我的邻居亚当吧。他记性好。

得由四个人瓜分了，乙当心想。

丙当什么都没有想。

那你们呢？夏娃问，你们是从外地来的吧？

我们？两兄弟问。

我们就是这儿的，丙当说。

乙当向周围指了指说：我们从到处来。乙当所谓的"到处"指的是从他的脚下直到远方的山峦。山峦后面还有属于"到处"的东西，他就不知道了。

这个故事没有提到两兄弟的来历。夏娃以为他们是流浪汉。亚当把他们当成外国来宾，用一种又苦又温的啤酒招待他们。

亚当一边喝啤酒，一边唱情歌。声音很大，足以让花园里的夏娃听见。

他们没找到blue jeans，却弄到了夏娃的妹妹艾玛缝制的长袍。

艾玛有一只温驯的白母鸡，还有一张柔软的白床。丙当一眼就看上了她,但艾玛看了他好几眼才觉得顺眼。

后来,他们生了很多孩子:女孩有爱莎、爱卡、爱娜等,男孩有丁当、戊当、己当等。

每生一个孩子,丙当就会问一次:世界到底要一分为几呢?

故事到这里就讲完了,乙当来不及发表意见。

太阳、月亮和人类

很久以前,几乎是最久以前,那时世界上只有蓝天、太阳和月亮。太阳和月亮就睡在这张蓝色的床上。

有一天他们醒来,向四周看了看。其实也没有什么可看的。于是,太阳用他身上的强光照着月亮,月亮用她身上的微光照着太阳。除此以外,再也没有什么可以照亮的东西了。他们觉得无聊至极。

我们能干点什么呢?太阳问。

继续睡觉,月亮建议。

但太阳有一个更好的主意:我们创造一个世界吧!

怎么创造呢?月亮问,我们没有手啊。

那就用脚吧。

我们也没有脚啊。

那就想办法,太阳说。

于是,他们开始行动,并且最终取得了成功,否则就不会有这个世界。

　　他们创造了水、天气、山峦、树木、蔬菜、水果，还有各式各样的动物：两条腿的，四条腿的，六条腿的，八条腿的，等等。太阳创造了向日葵，月亮创造了月亮花。

　　他们累得要命，可世界还远远没有造完。
　　怎么办呢？月亮问。
　　我们创造人类，让他们有双手双脚，成为我们的助手，太阳答。

于是，人类出现了。人类开始修建桥梁、隧道、铁路和公路。

人类建造了房屋和楼阁，太阳和月亮造出了家畜和飞禽。太阳和月亮造出了草药和沙砾，人类造出了草药茶和沙漏。他们配合得很好，但是也造了不少废物和垃圾。

世界就这样诞生了。

本来是出于无聊。现在太阳和月亮终于有东西可以照亮了。

是谁发明的讲故事呢？

月亮的外婆。

是吗？她讲了什么呢？

嗯，讲了很多。

她什么都说，从一个盐罐，到一声叹息，她一个不落。

她讲鱼讲鸟，讲轮船和离别，讲红格子桌布的故事，讲被人遗忘的故事，讲这个讲那个，也讲你和我。

她讲给谁听呢？

讲给太阳的外公听。不过，他从不相信她讲的故事。

洋葱、萝卜和西红柿，
不相信世界上有南瓜这种东西。
它们认为那是一种空想。
南瓜不说话，
只是默默长大。

图书在版编目（CIP）数据

当世界年纪还小的时候：珍藏版／（德）于尔克·舒比格著；（德）罗特劳特·苏珊娜·贝尔纳绘；王泰智，沈惠珠译.—成都：四川少年儿童出版社，2016.11（2024.7重印）
ISBN 978-7-5365-6744-3

Ⅰ.①当… Ⅱ.①于… ②罗… ③王… ④沈… Ⅲ.①儿童故事—图画故事—德国—现代 Ⅳ.①I516.85

中国版本图书馆CIP数据核字（2016）第264158号

©2011 Beltz & Gelberg
in der Verlagsgruppe Beltz · Weinheim Basel

© 1995 Als die Welt noch jung war
© 1997 Mutter, Vater, ich und sie
© 2000 Wo ist das Meer?
Simplified Chinese language edition arranged through Beijing Star Media Co., Ltd., China

本书中文简体字版权由北京华德星际文化传媒有限公司代理。未经出版者书面许可，任何单位或个人不得以任何形式复制或传播本书的部分或全部内容。版权所有，翻印必究。

四川省版权局著作权合同登记号：图进字21-2014-11号

DANG SHIJIE NIANJI HAI XIAO DE SHIHOU ZHENCANGBAN
当世界年纪还小的时候：珍藏版

［德］于尔克·舒比格／著　［德］罗特劳特·苏珊娜·贝尔纳／绘　王泰智　沈惠珠／译

出 版 人：余　兰	印　　刷：四川玖艺呈现印刷有限公司
责任编辑：连　益	成品尺寸：210mm×142mm
封面设计：周筱刚	开　　本：32
技术设计：桑楚森	印　　张：10.5
责任校对：张舒平	字　　数：240千
责任印制：袁学团	版　　次：2017年8月第1版
出　　版：四川少年儿童出版社	印　　次：2024年7月第11次印刷
地　　址：成都市锦江区三色路238号	印　　数：95,001-101,000册
网　　址：http://www.sccph.com.cn	书　　号：ISBN 978-7-5365-6744-3
网　　店：http://scsnetcbs.tmall.com	定　　价：88.00元